외계의 변화

8

GREEN HEART
그린 하트

미르영 현대 판타지 장편 소설

CONTENTS

제1장

1

아공간이 해제되며 흘러나오는 정체불명의 물체들은 지면에
닿자마자 빠르게 퍼져 나갔다.

'보관되었을 때는 가만히 있다가 스스로 움직이는 것을 보면
뭔가가 일어나기 시작했다는 것인데……'

그 물체들은 원형에 가까웠는데, 지금은 스스로 움직이고 있
는 중이다.

자세히 보니 케이스에서 흘러나와 지면에 닿는 순간부터 스
스로 움직이고 있었다.

'접촉을 하는 순간 작동을 하는 것 같구나. 다른 것과 접촉을
했을 때는 작동하지 않고, 지면에 접촉했을 때 작동을 하게 만

든 것을 보면······.'

51구역의 밀실에 보관 상태로 봤을 때나 알루미늄 케이스에 보관되어 있을 때는 작동하지 않았다.

그러다가 이곳에 와서 아공간이 해제되고 지면에 닿자 움직이기 시작했다.

'본래의 세상에서 실험을 한 번 해 봐야겠군.'

흘러나오는 검은 물체를 한 움큼 손으로 집은 후 곧바로 젠이 만든 공간을 나왔다. 바닥에 떨어트려 봤지만 움직이지 않는다.

'인공 구조물이라 작동을 하지 않을 수도 있으니······.'

검은 물체를 회수하고 곧바로 공간 이동을 해 지상에 있는 별장 근처로 움직였다.

자연 상태의 흙이 보이는 지면에 조심스럽게 올려놓았지만 역시 움직이지 않았다.

'으음, 다시 가보자.'

곧바로 공간 이동을 한 후 젠이 만들어낸 새로운 세상으로 들어갔다.

'더 빨라졌군.'

케이스에서 흘러나오는 속도가 한층 빨라져 있었다.

그것만이 아니었다. 검은 물체는 지면에 닿은 순간 엄청난 속도로 사방으로 흩어졌다.

콰콰콰콰콰콰콰쾅!

얼마 지나지 않아 사방에서 굉음이 들리기 시작했다.

'이 소리는 소닉붐이다.'

폭발음의 정체는 이동하는 검은 물체가 음속을 돌파하며 발생하는 것이었다. 일정 정도 거리를 벌린 후 엄청난 속도로 이동을 시작한 것이 틀림없었다.

헤아릴 수 없이 많은 양의 검은 물체들이 내는 소닉붐에 주변이 어지러웠다.

폭발은 한참동안 진행이 되었다.

'저런 식으로 정렬을 하다니…….'

검은 물체가 케이스에서 흘러나오는 것이 끝나자, 시야에 들어오는 정보를 통해 어떤 식으로 이동을 했는지 한눈에 들어왔다.

검은 물체는 일정하게 정렬이 되어 있었다. 지면에서 30센티미터 정도 떨어진 뒤 허공에 고정이 되어 있었다.

정육면체 형태의 꼭짓점이라고 할 수 있는 부분에 검은 물체가 자리하고 있었고, 그 위로는 같은 형태로 끝이 보이지 않게 쌓여 있었다.

'이 공간의 전체를 저런 식으로 메운 건가?'

형상은 갖추지 않았지만 검은 물체 사이에 기류가 흐르는 것을 느낄 수 있었다.

접점에 막대기를 꽂아 연결시키는 블록형 장난감처럼 서로 간에 기류가 흐르는 검은 물체가 공간을 온통 메운 모습은 장관이 아닐 수 없었다.

치지지지지!

보이지 않던 기류가 보이기 시작하며 파열음을 내기 시작했다. 전류가 흐르는 것처럼 형형색색의 섬광을 뿌리고 있는 모습을 보니 예사로운 것이 아님을 알 수 있었다.

— *마스터!*

— *무슨 일이지?*

— *제가 만든 공간이 변형을 일으키고 있습니다.*

— *젠이 만든 공간을 임의로 변형을 시키고 있다면 테라포밍인가?*

— *그런 것 같습니다.*

인간이 생존할 수 없는 행성을 지구처럼 만드는 과정이 테라포밍이다.

테라포밍이 완성되기 위해서는 액체 상태의 물이 있어야하고, 복잡한 유기물이 합성되기에 유리한 여러 가지 조건을 갖추어야 한다.

무엇보다 생물이 신진대사를 유지할 수 있는 에너지원이 있어야 한다. 한마디로 새로운 세상을 만드는 것이나 다름없는 과정이다.

젠의 의지하에 놓은 공간을 간섭해 임의대로 테라포밍한다는 것은 저것들이 초월적인 존재를 넘어선 그 무엇이라는 뜻이었다.

— *마스터.*

— 으음, 환경만 바꾸는 것이 아닌 것 같은데?

— 제가 만든 곳에 적용된 인과율 시스템마저 건드리는 것 같습니다.

— 같은 게 아니라 그러고 있는 중이야. 젠, 공간의 외형만 유지하고 젠이 뿌린 의지를 전부 거둬들여 봐.

— 알겠습니다, 마스터.

젠이 만든 공간이다. 실상을 가진 공간이라고는 하지만 어디까지나 젠이 있어 유지되는 것이라 드리워진 의지를 전부 거두어들이도록 했다.

검은 물체들이 공간 창조에 사용되는 것이라 확신했기에 온 천지를 점유하고 있는 것들이 어떤 식으로 작동하는지 살펴보기 위해서다.

젠의 의지가 드리워져 있다면 방해가 될 가능성이 높아서 거두도록 한 것이다.

형형색색의 뇌전으로 서로를 연결시킨 검은 물체에서 빛이 발산되기 시작했다.

밝아졌다가 흐려졌다가는 반복하는 모습을 보면서 알 수 없는 미지의 느낌에 내 주변을 둘러싸고 있는 검은 물체를 손으로 잡았다.

'달라는 건가?'

내가 가지고 있는 에테르를 원한다는 의지가 느껴진다.

— 허락 한다.

허락이 떨어지자 에테르가 빠르게 전이됐다.

이곳을 덮고 있는 젠의 의지와 더불어 내 의지 또한 거두어들였다. 그런데 이 공간의 모든 것이 느껴진다.

내가 만진 것뿐만이 아니라 이 세상 구석구석으로 뻗어나간 검은 물체들이 전하는 정보가 온전히 나에게로 흘러들고 있는 것이다.

'시작하는 건가? 후후후, 재미있군.'

나에게서 흘러나간 에테르가 빠르게 퍼지기 시작하더니 세상이 만들어지고 있었다.

어느 정도 예상한 것이기는 하지만 믿기지 않는 일이 벌어지고 있다.

지구라는 특성상 젠으로서도 한반도 크기 정도의 공간만 만들 수 있었는데, 그 공간이 확장되고 있다.

뒤를 이어 물이 생기고 강과 바다가 나타났다. 거의 동시에 융기가 일어나며 산맥과 평야가 생겨나는 놀라운 광경이 빠르게 인식이 되었다.

'창조주의 권능이나 다름없군. 세상을 만든 것이나 마찬가지니 말이야.'

무척이나 짧은 시간이었음에도 한반도 정도의 공간이 지구의 세 배나 되는 크기로 불어났다.

'평면이었던 공간이 입체화되고 지구처럼 변화시키는데 걸린 시간이 고작 한 시간이라니. 여기에 뿌려진 것들이 창조주가

만든 것이라도 되는 건가?'

격을 가져 신이 된 존재라고 할지라도 시도조차 할 수 없는 광경이 펼쳐져 있었다.

테라포밍이라고는 하지만 거의 창조에 가까운 상황이다.

'내가 이전시켜 준 에테르로 세상을 만든 후 완벽하게 소멸한 상태로군. 무서운 일이다. 내가 가진 에테르가 사용됐다고는 하지만 에너지원만 있으면 본래의 세상을 완전히 다른 세상으로 만들 수 있다니.'

검은 물체들이 만든 세상에서 에테르를 가지고 있는 것은 나와 회수한 노바들뿐이다.

나머지는 에테르가 전혀 존재하지 않았다. 내연기관에 들어가는 연료처럼 새로운 세상을 위해 사용이 된 것이다. 그것도 100퍼센트 철저하게 말이다.

'어쩌면 나와 연결된 세계를 만든 차원 신과 외계의 차원 신은 완벽한 상극의 관계일 수도 있겠군.'

이 세계의 창조주로 알려진 차원 신의 본질은 의지와 그 의지를 따르는 에너지라고 할 수 있다.

이 세계는 차원 신의 의지에 우리가 에테르라고 하는 에너지를 통해 만들어진 것이다. 의지가 생성하는 관념에 의해 에너지가 물질화되어 만들어진 것이 세상이니 말이다.

외계의 차원 신이 가진 의지를 따르는 것은 지금 이 세상에 가득한 이름 모를 에너지일 것이다.

이 에너지는 우리가 에테르라고 부르는 에너지를 먹이삼아 자신의 에너지를 키울 수 있는 것이 분명하다. 마치 포식자처럼 말이다.

'본래부터 포식자처럼 집어삼킬 수는 없었을 것이다. 그랬다면 이 세상은 저 기운들에게 예전에 벌써 삼켜졌을 테니까. 그렇다면 에테르가 따를 수 있는 의지의 부재가 이런 현상을 가져온 것이 분명하다.'

세상이 만들어진 후 지금까지 같은 종류의 에너지가 이어져 왔다는 것은 외계의 힘을 막을 수 있었다는 뜻이다.

그것은 애시 당초 포식자의 먹이가 아니라 대등하거나 월등한 관계였다는 뜻이기도 하다.

'창조주인 차원 신이 없는데도 이렇게 유지되어 왔다는 것은 외계의 힘을 막을 만한 수단이 존재한다는 뜻인데…….'

세계를 넘나들면서 아주 오래 전에 창조주가 사라졌다는 정보를 얻을 수 있었다. 나와 연결된 세계의 주인이 아주 오래전에 사라졌다는 것은 이 세계들을 유지하는 주체가 없다는 뜻이나 마찬가지다.

세계들을 관리하는 마나 마스터와 인과율 시스템이 있기는 하지만 이들은 관리자다.

엄밀하게 따지면 주인인 차원 신이 정해 놓은 법칙을 따라 순환하는 에테르를 관리하는 존재일 뿐이다.

차원 신, 즉 한 차원의 주인과 관리자는 엄연히 격이 다른 존재다. 세계를 지키는 방어 시스템이 없다면 마나 마스터들로서는 외계 차원의 차원 신을 절대로 막을 수 없다.

사라지기는 했지만 자신이 만든 세계들을 지키기 위해 창조주라고 할 수 있는 차원 신은 방어 시스템을 구축했을 가능성이 높다. 방어 시스템이 없다면 외계의 침입을 막은 수 없었을 것이니 말이다.

'저런 것들이 지구에 존재하는 것을 볼 때 외계를 막아내던 시스템에 이상이 생겼음이 분명하다. 하탄의 계획이 실행되면서 각 세계를 연결하는 틈이 생겨 에테르가 변형을 일으킨 탓할 가능성이 제일 크고. 그나마 완전히 붕괴된 것이 아니라 유지는 되고 있는 건가?'

에테르를 소멸시키는 기운이 나타난 곳은 두 곳뿐이다. 51구역과 태초의 존재가 머물렀다는 샴발라가 그곳이다.

일제히 스며든 것이 아닌 것을 보면 외계의 침입을 막아내는 시스템이 붕괴된 것은 아닌 것 같다.

그랬다면 지구나 브리턴, 그리고 연결된 세상에서 에테르는 찾아볼 수 없었을 테니까.

'지금의 내 상태라면 샴발라도 그렇지만 51구역도 위험할 수 있다. 어찌된 일인지 알아보기 위해서는 지금 이곳에 가득한 기운들이 어떤 종류인지부터 알아내야 한다. 그리고 어떤 의지를 따르는지도. 우선 샴발라에 들어갈 수 있도록 저 기운에 적응해야 한다. 그때처럼 겁먹어 질린다면 아무것도 할 수

없을 테니까.'

젠이 만들었지만 이제는 다른 세상으로 변해 버린 이곳에 일정 시간동안 머물러야 할 것 같다. 아무렇지 않을 때까지 적응을 해야 한다.

아직 테라포밍이 끝나지 않았는지 아직도 변화를 주도하는 저것들에 대해서 확실히 알아야겠다.

가부좌를 틀고 자리에 앉았다. 명상을 통해 놈들의 의지를 느끼기 위해서다.

걱정과는 달리 검은 물체들의 의지를 느낄 수 있었다. 수를 헤아릴 수도 없이 이 세상에 퍼져 있었지만 놈들의 의지가 발산하는 정보를 읽은 것은 그다지 어렵지 않았다.

한동안 놈들의 의지를 읽어나갔다.

정말 재미있는 놈들이다. 테라포밍을 하면서 의지를 키우고 있다.

작은 의지의 씨앗들이 서서히 자라나 이제는 작은 나무 정도가 되었다. 녀석들의 의지는 계속해서 자라는 중이다.

재미있는 것은 저놈들이 인과율 시스템과 아주 비슷한 일을 하기 시작했다는 점이다.

각각의 검은 물체들은 슈퍼컴퓨터를 능가하는 저장과 연산 능력이 있는 것 같다. 지구보다 세 배나 커진 이 세상에서 일어나는 일을 기록하고, 곳곳에서 일어나는 현상을 연산해 미래를 예측하고 있으니 말이다.

더욱 놀라운 것은 연산해 예측한 미래의 상황에 맞게 대응을 하기 시작했다는 것이다.

　의지를 가진 존재들이 없어 연산 작용이 복잡하지 않은 탓에 확연히 느낄 수 있었다. 그러다가 이상한 점을 느낄 수 있었다.

　'그런데 조금 이상하군. 어째서 나는 없는 거지?'

　어째서 나에 대해서는 아무런 계산을 하지 않는 것인지 의아하다. 분명히 이 세계에 존재하는데 말이다.

　'내 존재 자체를 꺼리는 것인지, 아니면 뭔가 다른 이유라도 있는 건가?'

　지금은 명확하게 알 수 없으니 좀 더 관찰을 해봐야 할 것 같다. 단순한 의지로 엄청난 연산을 해대는 놈들이 조금씩 변화하는 것 같았다.

　테라포밍이 끝나갈 즈음 놈들의 의지가 발하는 정보의 수준이 변하고 있었다.

　기록된 것을 통한 단순한 연산에서 복합 연산을 하기 시작하더니, 이제는 언어라고 할 수 있는 형태로 정보를 주고받기 시작한 것이다.

　놈들의 의지가 전보다 빠른 속도로 성장하기 시작했다. 의지의 성장은 또 다른 변화를 일으키고 있었다. 이 세상에 생명체라는 것이 생겨났기 때문이다.

　검은 물체는 복잡한 연산과 언어라는 새로운 수단을 통해 생명체를 탄생시켰다.

'이 세상이 창조주의 말씀으로 인해 만들어졌다는 신화들처럼 언령과 비슷한 것으로 바이러스 수준의 생명체가 만들어지다니 재미있군.'

검은 물체는 복잡한 연산을 통해 언어라는 수단과 밀집한 에너지를 통해 생명체를 만들어냈다.

지금까지의 과정을 보면 창세기에 나오는 세상의 탄생과 그리 다를 것 없는 과정이 전개되고 있었다.

바이러스는 빠르게 분열하다가 엄청난 속도로 숫자가 불어나더니, 어느 순간 분열을 멈췄다.

내 주변을 둘러싸고 있는 검은 물체들로부터 빛줄기가 뻗어나오더니 내 몸에 달라붙었다.

'에너지가 더 필요한 것인가?'

에테르가 빠져나가기 시작하더니 엄청난 수로 불어난 바이러스들이 변이를 일으키기 시작했다.

서로 융합을 해 복잡한 유전자를 지닌 새로운 개체로 진화한 것이다.

진화한 개체들이 분열을 하며 수를 불려 나갔다. 어느 정도 수가 불어나는 순간 내 몸에서 에테르가 빠져 나갔고, 융합과 동시에 새로운 개체로 진화했다.

이런 현상은 계속해서 일어났다. 단세포 동물에서 다세포 동물로, 복잡한 유전 체계를 지닌 생물로 진화하는 데는 그리 오래 걸리지 않았다.

'지금까지 빠져 나간 에테르의 양은 얼마 되지 않으니 속도를 조금 높여 볼까?'

포유류나 인간과 같은 고등 생물로 진화하는데 어느 정도의 시간이 걸릴지 모르겠지만 이런 식으로 진행이 된다면 얼마 가지 않을 것 같았다.

결과를 빨리 보고 싶기에 내 의지를 통해 통제하고 있는 에테르의 발산 속도를 조금 늘려보고 싶은 생각이 들었다.

창조주인 차원 신이 세계를 만들고 그 안을 채워 넣을 존재들을 만들어내는 과정이 지금과 같을 것이라는 생각에서였다.

이런 생각을 가지게 된 것은 복잡한 유전 체계를 가지기 시작한 순간부터 생물들에게서 미약한 의지를 느낄 수 있었기 때문이었다.

통제를 풀자 빠른 속도로 생물들이 진화하기 시작했다. 식물이나 포유류로 진화하는 데는 정말 얼마 걸리지 않았다.

'엄청난 속도인데도 존재하는 모든 것의 의지가 느껴진다. 차원 신이 생명을 창조하는 것은 이런 기분 때문인가?'

생명체들의 진화와 더불어 의지도 진화하고 있었다. 그런 의지들을 전부 읽어낼 수 있는 나는 의식이 고양되는 것을 느낄 수 있었고, 전보다 격이 높아지는 것을 알 수 있었다.

믿음이 신의 격을 높이듯 내 의지로 보낸 에테르로 인해 성장하는 존재들이 보내오는 격한 신뢰로 인해 내가 성장하고 있는 것이다.

에테르를 뽑아가기만 하던 검은 물체들도 마찬가지였다. 포유류로의 진화가 시작된 시점부터 나에게 의지하기 시작했다는 것을 느낄 수 있었다.

주인을 따르는 애완동물처럼 자신들이 행하는 모든 것을 나에게 알리고 행하고 있으니 말이다.

그와 더불어 또 다른 변화가 시작되고 있었다.

세상에 진화하는 생물이 가득 들어차기 시작하자 명확한 실체를 가지고 있던 검은 물체들이 반투명하게 변하더니 서서히 희미해졌다.

희미해진다고 사라지는 것은 아니었다.

정확하게 말하자면 나에게 귀속이 되며 자신의 형체를 감추고 있는 것이었다. 보이지는 않지만 여전히 이 세상에 존재하고 있는 것이다.

검은 물체들이 전부 나에게 귀속되는 순간, 인류라고 말할 수 있는 종으로의 진화가 이루어졌다.

'으음, 사라진 것들이 인과율 시스템을 형성하며 이 세상을 관리하기 시작했다. 이로써 테라포밍이 끝난 건가? 엄청난 시간이 걸리는 일인데 이렇게 빨리 끝나다니 놀랍군.'

내게 귀속된 검은 물체들은 인과율 시스템과 완전히 같은 운영체제를 지니게 되었다.

지금까지 직접 개입을 해왔지만 인류라는 종이 탄생해 온전한 의지를 가지게 된 후부터는 인과율 시스템처럼 관리하기 시작한 것이다.

'이 세상을 관리하기 위해서는 에너지가 필요하겠군. 에너지는 나로부터 나오고 말이야. 계속해서 이러고 있을 수 없으니 에너지를 보급해 줄 존재가 필요하겠군.'

지금 상태의 나는 이 세상과 하나가 되어 있다.

내가 빠지는 순간 이 세상은 붕괴하고 말 것이다. 내가 빠지기 위해서는 나를 대체할 존재가 필요한 상황이다.

나와 연결된 세상이 여러 개인 것을 보면 차원 신은 에너지를 주관할 존재를 남겨놓고 다른 세상을 창조한 것이 분명하다.

'그런 존재가 바로 마나 마스터로군. 차원 신이 만든 세상이 원하는 에테르를 보급해줄 존재.'

인류가 탄생하기 전에는 내가 주입하는 에테르는 소모되어 소멸되는 것이라고 생각했다.

그렇지만 지금은 아니다. 온전한 의지를 지닌 인류가 탄생하는 순간, 반쯤 남아 있던 에테르가 순식간에 차올랐다.

오히려 전보나 배는 많은 양이 의지와 함께 내 안에 머물고 있었다.

'의지를 가지고 있는 존재들이 발하는 믿음이 에테르를 생성시키는 것이 분명하다. 이정도 양이라면 마나 마스터를 탄생시키는 것은 문제가 없겠군.'

의지를 가진 태초의 존재들은 아주 순순하다. 그 어느 것에도 오염되지 않고 나를 향한 신뢰를 보이고 있으니 말이다.

아니 그것은 신뢰라고 할 수 있는 것이 아니었다. 나와 같은 존재가 되려는 염원이었다.

나와 같은 존재가 되려는 염원이 가장 높은 자를 아바타로 만드는 것은 어렵지 않다.

격을 상승시키고 에테르의 보급과 인과율 시스템을 맡긴다면 바로 그가 마나 마스터다.

내가 창조한 것이나 다름없는 세계를 지키고 관리하는 존재가 탄생하는 것이다.

'내 의지로 될지는 모르지만 한번 시도는 해 보자.'

생각이 일자 마나 마스터를 선정하는 것은 일도 아니었다.

이 세상을 관리하는 인과율 시스템의 정보에 내 의지와 에테르를 집약하면 마나 마스터가 탄생할 것이 분명했다.

생각이 일자 인류 중 하나와 연결이 되었다.

내가 가지고 있는 격이 그에게 전이되며 새로운 존재로 거듭났다.

이 세계를 특정할 수 있는 에테르를 품고 있는 아바타를 보니 하탄이 생각났다. 스스로의 의지로 에테르를 마나로 변화시켰다는 하탄이 말이다.

이 세상에도 마나 마스터가 탄생한 것이다.

그에게 인과율을 접속시켰다. 그러자 뚜렷한 사념이 나에게로 흘러들어왔다.

　— 아버지시여! 이제 떠나시는 겁니까?

　— 그래, 앞으로 넌 이 세상을 관리하는 일에 충실해야 할 것
이다.

　— 제가 이 세상을 관리하다니…….

　— 어렵지 않은 일이다. 내 너를 위해 이름 줄 것이다.

　— 아!!

　— 앞으로 네 이름은 한! 그것이 네 존재의 의미를 알려줄 것
이다.

　— 아버지시여!

　감격해하는 한의 격동이 고스란히 느껴진다. 그리고 이름이
주는 특별한 의미가 한을 변화시켰다. 존재로서의 격이 성장을
한 것이다.

　이 세상의 모든 생명체가 한의 이름을 느꼈다.

　에테르를 주입하지 않았는데도 스스로 성장을 한 것은 이 세
상에 존재하는 모든 생명체의 믿음이 한에게로 향했기 때문이
었다.

　— 감사합니다, 아버지시여! 저에게 부여된 아버지의 염원을
이루겠나이다.

　감사의 염을 보내오는 한의 의지를 읽으며 인과율 시스템과
의 접속을 끊었다.

　— 아아! 떠나셨구나.

연결이 끊어졌음에도 한의 의지가 읽혀진다.

한에게서 큰 상실감이 느껴진다. 하지만 잘 할 것이다. 이 세상을 주관하는 존재가 되었으니 말이다.

— 젠!

— 부르셨습니까?

— 다 봤지?

— 마스터의 의지를 통해 전부 느끼고 볼 수 있었습니다.

— 어떻게 생각해?

— 지구와 브리턴 그리고 연결된 세상을 만들어낸 차원 신도 마스터와 같은 과정으로 세계를 만들었을 겁니다.

— 그럼 차원 신은 떠난 것이 아니라 머물고 있겠네. 이 세상에 말이야.

— 지금까지의 과정으로 봤을 때 그럴 가능성이 농후합니다. 하지만……

— 하지만 뭐?

— 떠났을 가능성도 배제할 수는 없습니다.

— 그렇기는 하지. 그건 차차 확인해 볼 일이고. 그나저나 지금 세상에 드리워진 인과율 시스템이 어째서 내 의지 속으로 들어왔는지 알 수 있을까?

세계를 덮고 있는 인과율 시스템은 내가 이 세상으로 가지고 들어온 검은 물체들이 진화를 한 것이다.

연결을 끊어 버렸는데 이상하게 내 의지 속에 남아 있었다.

물질적인 형체를 가지지는 않았지만 정신체의 형태로 말이
다.

　— 제가 파악할 수 없는 상태에서 일어난 일이라 저도 알 수
가 없는 상황입니다.

　— 그렇군.

사실 일부러 물어 본 것이다. 젠은 알 수가 없을 테지만 나는
명확히 알 수 있었다. 인과율 시스템이 완성되는 순간 가지고
싶다는 생각을 했었고, 내 심상에 찍혀 있던 검은 물체들이 스
스로 생겨났다는 것을 말이다.

그리고 내 안에 깃들어 있던 어떤 존재의 의미도 깨달을 수
있었다.

'이게 무엇인지는 생각을 좀 해봐야겠다. 샴발라에서 느꼈던
것과 비슷한 것 같으니 말이야.

세계의 모든 에테르의 근원이 내 안에 있다.

녹색의 심장!

그린 하트가 말이다. 그리고 그 안에 미지의 기운이 존재하고
있음을 알았다. 아주 오랜 전부터 내 안에 존재하고 있다는 것
도.

위험하지는 않은 것 같으니 샴발라에서 느꼈던 미지의 에너
지와 같은 것인지는 확인을 해봐야 할 것 같다.

　— 이제 나가야 할 것 같다. 젠, 이 세상의 외곽을 잘 보호하
도록 해. 만약에라도 깨진다면 이곳이 붕괴될 수도 있으니 말

이야.

— *알겠습니다, 마스터.*

대답이 끝나자 본래의 세상으로 돌아올 수 있었다.

지이잉!

— *마스터!!*

돌아오자마자 격렬한 고통이 뇌리에서 느껴졌다. 내 의지를 직접적으로 건드리는 현상에 젠이 다급하게 사념을 보내왔다.

— *크으으!*

— *괜찮습니까?*

— *괜찮아, 젠.*

— *다행입니다, 마스터.*

내 뇌리에서 일어난 고통은 지구의 인과율과 접속해서 일어난 것이다. 전보다 선명하고 확연하게 지구에 존재하는 인과율 시스템을 느낄 수 있었다.

'젠이 나에 대해서 완전히 파악하지 못하고 있다.'

어째서인지 모르지만 전 같았으면 내 의지를 읽고 지금 상태를 알 수 있을 텐데 지금은 모르는 것 같다.

'격이 높아진 것 때문인가?'

젠이 나에 대해 완전히 인지하지 못하는 것을 보면 내가 변한 것 같다. 그럴 만한 변화라고는 하나다. 내 격이 한 차원 높은 존재로 진화한 것.

'그나저나 이제야 온전히 인과율 시스템과 접속할 수 있게 됐구나.'

지금까지는 불완전한 접속이 이루어졌다는 것을 알 수 있었다. 인과율 시스템과 완전한 접속이 이루었다고 생각했는데 그것이 아니었다.

인과율 시스템 자체에 손볼 수 없는 결함이 있었고, 정상인 부분만 연결이 되었었는데 착각을 했던 것이다.

지구로 다시 돌아오는 순간 내 의지 속에 있는 것들로 인해 결함이 있는 부분이 복구되었고, 이제야 완벽한 접속이 이루어진 것이다.

꽤나 많은 정보들을 얻을 수 있었다. 그리고 내가 얻은 정보들은 젠도 알지 못하는 것들이었다.

젠 조차도 지구의 인과율 시스템이 불완전하다는 것을 모르고 있었으니 말이다.

— 젠, 노바들을 흡수시킬 자들을 선발해야겠다.

— 마스터께서 흡수할 계획이 아니었습니까?

— 나보다는 다른 이들이 흡수하는 것이 좋을 것 같다. 혼자서 감당할 수 있는 것에는 한계가 있으니 말이야.

— 알겠습니다.

— 그리고 연미를 회복시킬 테니 준비를 해줘.

— 마스터!

젠이 놀라 강력한 사념을 보내 왔다.

— 걱정하지 마. 세상이 만들어지는 것을 보면서 에테르를 어떻게 다루어야 할지 깨달았으니까. 연미와 아이가 위험해지는 일은 없을 거야. 그리고 회복이 끝나면 연미에게도 노바를 복용시킬 생각이야.

— 정말 괜찮은 겁니까?

— 괜찮아. 그리고 그것뿐만이 아니야. 젠, 너도 노바의 힘을 흡수해야 돼.

— 제, 제가 말입니까?

— 불가능한 일이 아니야. 권능은 의지를 지닌 존재는 누구라고 얻을 수 있는 것이니까.

— 마스터께서 변하신 것 같습니다.

— 걱정하지 마. 지금 내가 하려는 것은 이 세계의 인과율 시스템을 명확하게 느낄 수 있게 돼서 알게 된 것이니.

— 인과율 시스템에 어떤 숨겨진 정보라도 존재하고 있던 것입니까?

— 그래, 손상된 부분이 있었어. 아직은 불완전해서 젠이 접속하기에는 무리지만 조만간 알게 될 거야.

다른 세계를 만드는 데 사용된 것이 지구의 인과율 시스템이다. 그것도 손상된 시스템이다.

불완전한 시스템으로도 다른 세계를 만들 수 있었던 것은 지구의 인과율 시스템이 차원 신에게 직접 귀속된 것이었기 때문에 가능한 것이었다.

지금으로서는 젠이 완전한 시스템에 접속하는 것은 불가능하다. 지금도 내가 차단하고 있어서 그렇지 격이 낮아 접촉하는 순간 소멸될 가능성이 높으니 말이다.

젠에게 노바에 남아 있는 권능을 주려는 것도 그 때문이다. 젠의 격을 높여야 하는 것이다.

'내가 직접 주관하는 것이 귀찮기도 하고.'

젠의 격을 높이는 것은 상당히 어려운 일이기는 하지만 해야만 한다. 내가 일일이 지구에서 일어나는 의지의 변화를 살핀다는 것은 상당히 귀찮은 일이니 말이다.

― 지금까지 제가 접속하고 있던 인과율 시스템과는 완전히 다른 모양이군요.

― 그래. 격이 높아지게 되면 곧바로 접속하게 될 테니 조금만 참아.

― 알겠습니다.

― 젠과 연미, 그리고 아이에게 종속시킬 노바들은 표시를 해놨으니까 남아 있는 것들과 상성이 맞는 자들을 찾아. 최대한 빨리 찾아 주면 좋겠어.

― 걱정하지 마십시오. 일차 분류 작업은 이미 끝났고, 이차 분류 작업을 진행 중이니 얼마 있지 않아 마스터께서도 직접 보실 수 있을 겁니다.

― 그나저나 얼마나 시간이 지난 거지?

― 제가 만든 세상으로 들어가신 후 육 일이 넘게 지났습니

다, 마스터.

　— 그렇게나 많이 지났다니 의외로군.

　— 세상이 하나 창조되는 시간으로는 무척이나 짧은 시간이었습니다.

　— 후후후, 그렇기도 하군. 이제 나가자, 젠.

　— 예, 마스터.

결계가 해제되는 것을 느끼며 방을 나서 거실로 향했다. 다들 밖으로 나갔는지 연미 이외에는 사람들이 없었다.

"다른 어디 가신 거지?"

"필요한 것을 직접 고르시겠다고 쇼핑몰이 있는 공간으로 가셨어요."

"그랬군. 같이 가지 그랬어."

"당신이 수련을 하고 있기도 하고, 아이 때문에……."

연미가 살며시 배를 감싼다. 아이를 가진지 얼마 되지 않기에 조심하라고 장모님이 나서지 못하게 한 모양이다.

"그랬군. 식사는 했어?"

"당신이 아직 나오지 않아서……."

"그러면 쓰나. 주방으로 가자."

장모님의 부탁으로 가져온 음식을 할 재료들이 냉장고에 있을 터라 연미의 손을 잡고 주방으로 갔다.

"식탁에 앉아 있어. 금방 해줄 테니."

"제가 할게요."

"그냥 앉아 있어. 내가 해주고 싶어서 그래."

"알았어요."

수용소에 있으면서 요리를 배우기도 했고, 회귀 전에 미식가를 자처하며 나름대로 많은 요리를 해 먹어본 터라. 자신이 있었기에 연미를 식탁에 앉혔다.

냉장고를 열어 식재료를 꺼냈다. 초이스급의 쇠고기를 꺼내 밑간을 하고 다듬었다.

오븐으로 굽는 것이 아니라서 팬을 뜨겁게 달구고, 버터를 넣은 후 육즙이 새어나오지 않도록 골고루 구운 후 중불로 불을 줄이고 뚜껑을 덮었다.

빠르게 채소를 다듬고 다른 팬으로 채소를 조리했다. 방울토마토와 브로콜리를 볶고 버터를 더 넣은 후 채 썬 양파를 볶으며 소금으로 간을 했다. 소스를 만들지 않아 그리 많은 시간이 걸리지는 않았기에 금방 조리가 끝났다.

고기를 굽는 팬의 뚜껑을 열고 고기를 꺼내 접시에 담은 후 조리된 채소를 장식하고 볶아서 약간 물러진 양파를 고기 위에 얹었다.

"맛있어 보여요."

식탁에 접시를 내려놓자 연미가 환하게 웃으며 입맛을 다신다. 그 모습을 보니 꽤나 늦은 점심때인지라 배가 많이 고팠던 것 같다.

서둘러 포크와 나이프를 가져다주자 연미는 아주 작게 고기를 썰더니 오물거리며 먹는다.

시베리아의 숙소에서 같이 음식을 해먹던 때와는 감흥이 다르다. 어찌나 예뻐 보이는지 모르겠다.

"맛있어요. 당신은 안 먹어요?"

"알았어, 먹을게."

고기를 썰어 입에 넣었다. 최고 등급의 소고기라서 그런지 육질과 풍미가 장난이 아니다.

"천천히 먹어. 모자라면 더 만들어 줄 테니까."

"호호, 알았어요. 그런데 요리는 언제 배운 거예요?"

"수용소에 있을 때 식당에서 일을 했었어. 소장의 식사를 책임지는 주방장이 요리 명인이셨는데 그분에게서 배웠어."

"그, 그랬군요."

"너무 미안해하지 마. 이제는 추억이니까 말이야. 어서 먹자."

내가 수련을 한다고 방에 들어가 있는 동안 나에 대해 아버지에게서 들었던 모양이다. 수용소가 어떤 곳인지, 그곳에서 내가 어떤 생활을 했는지 말이다. 그렇지만 연미에게 말을 한 대로 상관하지 않는다. 이제 부모님과 할아버지를 찾을 수 있는 단서를 얻었으니 말이다.

손바닥 만한 크기의 고기 두덩어리를 꼭꼭 싶어서 먹는 탓에 다 먹기까지 시간이 조금 걸렸다.

"정말 잘 먹었어요. 먹어 본 스테이크 중에서 제일 맛있던 것 같아요."

"하하하, 다행이네. 앞으로도 종종 해줄게."

"고마워요."

"그런데 다들 나가신 지 오래 됐나?"

"아침을 먹자마자 나갔어요. 점심까지 먹고 온다고 했으니 조금 있으면 올 거예요."

"그랬군."

"테라 나인에게서는 연락이 없었나?"

"계속해서 찾았어요. 하지만 당신이 수련을 하고 있는 중이라고 하니까 끝나면 연락을 달라고 했어요."

"연락을 달라고 했다니 차 한 잔 마시고 난 뒤에 만나면 되겠군."

"차는 제가 준비할게요."

"후후, 그냥 앉아 있어."

연미를 두고 식탁에서 일어나 접시와 식기를 치웠다. 차를 끓일 물을 불에 올려놓고 설거지를 했다. 조리를 했던 도구들과 두 사람이 먹었던 식기들뿐이라 설거지는 금방 끝났다.

물이 끓었기에 준비되어 있는 허브로 차 두 잔을 만들어 연미와 함께 응접실로 갔다.

연미와 함께 따뜻한 차를 음미하며 마신 후에 테라 나인에게 텔레파시를 보냈다.

─ 지금 수련을 끝냈으니 올라왔으면 좋겠군.

— 알겠습니다.

탱크의 사념을 확인한 후 주방으로 가서 물을 더 끓였다. 연미가 자신이 하겠다고 나섰지만 만류했다.

물이 끓어오르자 테라 나인이 도착했고, 연미가 응접실로 안내했다. 나는 열 잔의 커피를 내려 응접실로 가지고 갔다.

최고급 원두를 갈아 만든 커피로 응접실에는 금방 커피 향기가 가득 찼다.

"고맙습니다, 마스터."

"꽤 많이 흡수했군."

"모두 마스터 덕분입니다."

탱크와 그의 팀원들의 노바가 많이 흡수되어 있었다.

완전히 흡수한 제레미나 유리안에 비할 바는 못 되지만 거의 반이나 흡수한 상태다.

나와 만나지 못하는 동안 많은 노력을 한 것 같았다.

"전투라도 했던 건가?"

"예, 마스터. 지하에 있는 게이트를 넘어가 몬스터 사냥을 했습니다."

"게이트 너머는 에테르 폭풍 때문에 불가능했을 텐데 몬스터 사냥을 했다는 말인가?"

"마스터께서 수련을 하러 들어가신 후 지하에 있는 게이트가 급격히 안정을 되찾았습니다. 탐사차 안으로 들어가 보니 그곳에서 불던 에테르 폭풍도 안정을 찾았기에 몬스터를 사냥하면서 수련을 할 수 있었습니다."

이곳이야 당초부터 게이트가 안정된 곳이다.

고대에 이곳으로 넘어온 존재들이 게이트를 고정시켜 놓았기도 했고, 이후로는 가이아가 머무는 장소인 탓에 이상이 없었던 곳이다.

문제는 게이트 너머였는데 안정을 되찾았다니 재미있는 일이었다.

"그랬군. 이곳에 있는 게이트 너머가 안정을 되찾았다면 다른 곳도 그럴 텐데 확인은 해봤나?"

"다른 곳은 마찬가지입니다. 게이트 입구에서 불구 있는 에테르 폭풍이 점점 더 강해지고 있어 접근이 불가능한 상황입니다. 게이트 너머는 더할 것으로 보이니 아무래도 유일하게 이곳만 안정을 되찾았습니다."

"그랬군. 권능을 전부 흡수하려면 어느 정도나 시간이 걸린 것 같나?"

"지금 상태라면 일주일 정도 걸릴 것 같습니다."

"일주일이라……."

"시키실 일이라도 있으신 겁니까?"

"있기는 하지만 어차피 노바에 담긴 권능을 모두 흡수해야지만 가능한 일이니 최대한 수련을 빨리 끝냈으면 좋겠군."

"최선을 다하겠습니다."

"그럼 어서 가서 수련을 하도록 해. 명령은 이후에 내릴 테니까 말이야."

"예, 마스터."

제레미와 유리안, 그리고 그들의 팀원들은 2차 각성을 할 준비가 끝났다. 남은 것은 탱크와 그의 팀원들뿐이다.

전부 2차 각성을 해야 다음 일을 진행시킬 수 있기에 수련을 계속하도록 지시했다.

"수련을 끝내면 노바를 귀속시킬 인재들의 선발이 끝나 있을 테니 테라 나인과 각 팀을 어떻게 확장시킬지 고민도 해야 할 거야."

"테라 나인을 충원해 확장시키실 생각입니까?"

"그래, 앞으로 일을 생각하면 부족한 인원이기는 하지만 꼭 필요한 일이다. 너희들의 두 번째 각성도 준비해야 하니까 말이야."

"두, 두 번째 각성이요?"

"권능을 얻는 것이 쉬운 일일 것 같나? 너희들은 지금까지 진짜 각성을 위한 준비를 한 것뿐이다. 진짜 각성은 두 번째 부터지."

"그, 그럼 다음도 있다는 말씀입니까?"

"그래. 첫 번째는 몸을 만드는 과정이다. 너희들은 전부 흡수했다고 생각하겠지만 노바에 담긴 것은 그것만이 아니다. 이제야 겨우 몸이 만들어졌을 뿐이고, 본래부터 가지고 있던 힘을 제대로 사용하게 되었을 뿐이지."

"제레미나 유리안의 상태가 그저 몸이 만들어진 것뿐이라는 말입니까?"

"맞다. 강대한 권능을 사용하면 발생하게 되는 반발을 해소시킬 수 있는 최소한의 기반이 만들어진 것뿐이다. 몸이 만들어진 다음은 신성이 뿌리를 내리게 된다. 너희들의 속성이 개발되는 과정이고, 자라나게 되지. 그리고 마지막은 개화의 과정이다. 세 번째 개화가 끝나야 진정한 권을 사용할 수 있다."

"그런 과정이 있었다니……."

"후후후, 초월의 영역을 넘는다고 해서 다가 아니다. 진짜 시작은 그 때부터지."

"으음."

다들 말없이 신음만 흘린다. 대충 알아들은 것 같지만 확실히 감을 잡지는 못한 것 같다.

모르는 영역이니 당연한 일이다. 아직 근처에도 가보지 못한 이들이니 신이라 불릴 수 있는 권능을 얻는 일에 대해 확실히 알 수는 없을 것이다.

"오랜 세월 수련과 깨달음을 통해 지나야 하는 과정이지만 너희들은 노바로 인해 시간을 단축할 수 있게 되었다. 그렇지만 결코 쉬운 과정이 아니다. 노바는 그저 촉매로서의 역할을 할 뿐이니까."

자신이 가진 속성에 관한 한 절대적인 힘을 가지게 되는 것이

바로 권능이다. 의지로 자신이 가진 속성을 자유자재로 구현하는 경지다.

"결코 쉬울 리 없다. 노바를 흡수하기는 했지만 아직 지난한 과정이 남아 있다. 그 과정을 지나 모든 권능을 사용하게 되면 지금까지와는 다른 세상이 보일 거다. 뿌리를 내리는 과정이 시작되면 지금처럼 움직일 수 없을 테니 테라 나인을 확장하려는 거다."

"알겠습니다."

"다음 만남은 탱크와 팀원들이 첫 번째 과정을 마친 뒤로 할 테니 그동안은 수련에 매진해라. 그럼 이만 가보도록."

"예, 마스터."

탱크의 대답과 함께 테라 나인이 일제히 자리에서 일어났다. 천천히 고개를 숙여 인사를 한 테라 나인은 서둘러 떠났다.

— 젠, 가이아가 엿본 흔적은 없어?

— 테라 나인에게 심어 두었던 것도 흔적 하나 없이 지워졌고, 마스터께서 새롭게 재정립하신 후로는 한 번도 없습니다.

— 그나마 다행이군.

— 관여하려 했다면 골치가 아팠을 텐데 저들을 완전히 마스터께 넘긴 것 같습니다.

— 그래도 혹시 모르니 잘 지켜봐.

— 예, 마스터.

가이아는 실수한 것이다.

마나 마스터의 아바타에 가까운 존재들을 만들어 놓고 나에게 모두 넘겨 버렸으니 말이다.

인과율 시스템이 모두 복원된 이상 저들은 비장의 패가 될 것이다.

제 2 장

시간이 빠르게 흘렀다.

탱크와 그의 팀원들은 열흘이 지나지 않아 첫 번째 각성을 끝 냈다. 그동안 젠은 노바의 주인들을 찾아냈고, 난 그들이 노바 를 흡수할 수 있도록 했다.

노바의 주인들은 세계 각지에서 선발되었다. 인과율 시스템 이 복원된 탓에 젠의 인지 능력이 급격히 성장해 선발하는 데는 문제가 없었다.

에테르 폭풍이 점점 더 강해지고 있어 신성을 가진 존재들이 움직이지 못하는 상황이라 노바의 주인들에 대한 정보는 나와 젠, 그리고 당사자만이 알 수 있게 철저히 감출 수 있었다.

테라 나인의 확충을 위한 선발도 있었다.

비밀 기지에 있는 요원들 중 싹이 보이는 이들을 가이아로부터 넘겨받았다. 내가 선발한 후 가이아에게 요구했고, 테라 나인과 마찬가지로 가이아는 자신의 흔적을 모두 지운 후 나에게 넘겼다.

물론 이들에게도 노바가 주어졌다.

하위급들이라 탱크를 비롯한 테라 나인과는 달리 첫 번째 각성 과정에 시간이 걸리겠지만 훗날 중요한 전력이 될 존재들이었다.

변혁을 맞이하고 있는 이면 세계와는 달리 세상은 평온했다. 세상 사람들은 여느 때와 마찬가지로 자신의 삶을 살아가고 있었다.

이능을 가지고 있지 않은 보통 사람의 경우 세상에 불고 있는 에테르 폭풍에 전혀 영향을 받지 않고 있었기 때문이다.

'그러고 보면 재미있는 일이다. 에테르를 품고 있느냐 그렇지 않느냐에 따라 삶이 극명하게 다르니 말이야.'

신이라 불리는 존재들도 숨을 죽이고 몸을 웅크릴 정도로 이렇게 어마어마하게 에테르 폭풍이 불고 있는 상황이다.

그런데도 보통 사람은 아무런 영향을 받지 않는 것을 보면 가이아의 존재가 새삼스럽기도 하다. 보통 사람에게 에테르에 대한 절대적인 방어기제가 작용하고 있는 것 같으니 말이다.

'아마도 보통 사람들이 모든 것의 시작이기 때문이겠지.'

젠이 만든 세상에서 새로운 세상이 창조되는 과정과 인과율 시스템의 복원 과정에서 한 가지 알게 된 것이 있다.

능력을 가지고 있지 않은 인류가 그 무엇보다 소중한 존재라는 것이다.

세상이 창조되면서 그들은 하나의 씨앗을 가지게 되었다. 창조한 이의 뜻에 따라 이 씨앗은 유전을 통해 다음 세대도 가지게 된다.

어떤 것에도 물들지 않고, 자유로운 이 씨앗은 모든 것의 분기점이자 근원이다.

격을 갖출 경우 신성을 얻어 권능을 발휘할 수 있는 것은 물론이고, 의지만 있다면 새로운 세상을 창조할 정도의 힘을 지니고 있다.

한마디로 신이나 창조주가 될 수 있는 가능성을 품고 있는 씨앗인 것이다.

이 순백의 씨앗은 무엇인가에 물들기 전까지 절대적인 보호를 받는다. 그 어떤 외부의 흔들림도 이 씨앗을 망가트릴 수는 없다.

그러다 자신의 의지를 조금이라도 다룰 수 있게 되면 변화가 생겨난다.

인과율 시스템에 직접적인 영향을 받게 되고, 초월적인 존재로 성장하기 위한 지난한 과정을 거치게 된다.

이때부터는 절대적인 방어기제가 사라지게 되고 세상의 영향을 받게 된다.

그리고 각자 선택한 의지에 따라 격을 높이는 고행과도 같은 오랜 수련 과정을 끝도 없이 반복하게 된다.

어떤 식으로든 마지막으로 세상이 오롯이 존재하는 하나의 의지가 되는 것을 목표로 정진하게 된다.

그것이 씨앗이 품고 있는 유일한 목적이다.

─ 젠, 모습을 감춘 유명인들의 신상을 모두 파악했어?

─ 파악이 끝나기는 했습니다만, 그들이라고는 확신을 할 수 없습니다.

스스로의 의지를 가지고 자신의 분야에 뛰어난 성취를 얻은 사람들 중에는 세계의 변화에 민감한 이들이 있을 것이다.

그들과 관련이 있을 수도 있고, 아닐 수도 있지만 감시는 해야 할 것이다. 어차피 세상을 주도할 사람들이니 말이다.

─ 그렇겠지. 조직에 속해 있는 이들이 대부분이겠지만, 깨달음을 얻어 자신의 의지를 사용할 줄 아는 이들도 있을 테니까. 하지만 감시는 계속해야 할 거야. 우리에게 도움이 될 이들도 골라야 하니까.

─ 무슨 말씀이신지 잘 알겠습니다.

─ 젠, 몸을 숨긴 이들의 주변을 잘 살펴야 할 거야. 그들이거나 관련이 있는 자들이라면 직접 움직일 수 없어 일반인들을 이용할 테니.

─ 염려 마십시오. 이곳의 감시 장비들을 활용해 철저히 감

시를 하고 있습니다.

— 호오, 이곳에 있는 장비가 꽤나 좋은 가보군.

— 국방성에 있는 시스템보다 한 단계 위의 수준입니다. 여기에서 장악을 하고 있는 데도 불구하고 국방부에 있는 시스템은 일체 알지 못하고 있으니 말입니다.

— 그렇다면 다행이군. 잘 살펴봐, 어떤 식으로든 움직이고 있을 테니까 말이야.

— 알겠습니다.

— 그나저나 그들은 떠났나?

이번에 확충한 테라 나인에게 한 가지 임무를 부여했다. 이 세계를 관리하는 인과율 시스템의 접점들에 내가 만든 것을 설치하는 일이었다.

— 이미 두 시간 전에 출발했습니다.

— 움직임이 노출될 수도 있으니 교란하는 것도 잊지 마. 우리에게는 가장 중요한 일이니까 말이야.

— 에테르 폭풍 아래서 움직일 수 있는 이들은 테라 나인들뿐이니 노출될 염려는 없을 겁니다.

— 내가 말하는 것은 능력자들이 아니야. 일반인들에게 노출되지 않도록 조심하라는 거야.

— 무슨 말씀이신지 알겠습니다.

지금도 이면 세계의 일이 종종 노출되는 일이 벌어진다.

기이한 동물이라든가, UFO, 우주인 같은 것에 대한 정보가 인터넷에 올라오는 것을 보면 알 수 있다.

보통 사람들은 흥미를 끌기 위해 올리는 것이라고 생각하겠지만 그렇지 않다.

이면 조직들에 의해 정보가 조작되고, 증거들이 사라지기 때문에 확신을 주지는 못하지만 대부분 이면 세계에서 벌어지는 일을 목격한 것이다.

품은 씨앗이 의지를 따르기 직전의 일반인은 방어기제가 각렬하게 작용한다. 이럴 경우 능력자가 감지하지 못하고 놓치는 경우가 종종 발생해서 일어나는 현상이다.

— 아저씨들은?

— 대서양 상공을 날고 있는 중입니다.

— 신분에는 이상이 없지?

— 아시아계 미국인으로 신분이 위장되어 있지만 정식으로 발급이 된 증명서를 가지고 있습니다. 그리고 각자 다른 비행기로 이동을 하고 현지에서 합류할 수 있도록 했으니 의심하지 않을 겁니다.

— 이미 유럽에 기반이 있기는 하지만 아저씨들이 빨리 정착을 하기 위해서는 도움도 필요할 거야.

— 이곳에 소속된 인원들 중에 미국 정부 요원들이 제법 많습니다. 유럽에 있는 자들에게 협조 지시를 내려놨으니 도움이 되실 겁니다.

— 유럽에 있는 요원들이라면 놈들과 접점이 있을지도 모르

는데 괜찮겠어?

— 신중히 골랐으니 그럴 리는 없겠지만 테라 나인이 붙었으니 별다른 일은 일어나지 않을 겁니다.

— 그렇기야 하겠지만 너무 방심해서는 곤란해.

— 알겠습니다, 마스터.

아저씨들에게는 탱크를 비롯한 테라 나인이 따라붙었다.

테라 나인은 주위에서 아저씨들을 지키며, 골렘과 드래고니안의 출현과 관계있는 조직을 찾아내는 임무를 맡고 있다.

알 수 없는 미지의 에너지를 이용하는 놈들을 찾아낼수 있을지 알 수는 없다. 유럽에 기반을 만들게 될 아저씨들의 안전을 지키는 것만으로도 가장 중요한 임무다.

아저씨들이 마련한 기반은 나에게 중요한 거점이 될 것이니 말이다.

— 대충 준비가 끝난 것 같은데 시작하도록 하자.

— 재고는 없으신 겁니까?

— 그래, 방법을 모른다면 모를까 반드시 해야 할 일이다.

— 알겠습니다.

지금 내 앞에 있는 침대에는 연미가 누워 있다. 나를 인해 사라져 버린 능력을 다시 찾기 위해서다.

젠이 불안해하기는 하지만 문제될 것이 전혀 없다.

연미의 능력은 사라진 것이 아니다. 에테르를 모두 소모해 능력이 잠들어 있을 뿐이다.

에테르가 한 점도 남아 있지 않아서 그렇지 시동만 걸어 준다면 금방 능력을 회복할 수 있다.

시동을 건다는 것이 가지고 있는 권능을 촉발시키는 것이라 젠은 위험하게 생각하지만 결코 그렇지 않다. 연미의 권능을 온전히 내 것으로 만들었으니 말이다.

연미가 가진 권능을 누구보다 잘 알고 있고, 창조의 과정을 지켜보며 의지가 심어지는 과정을 지켜본 나이기에 잠들어 있는 권능을 촉발시키는 것은 문제가 아닌 것이다.

초월의 존재를 향한 염원의 씨앗에 담긴 의지를 깨우기만 하면 모든 것이 원래대로 회복이 될 것이다.

연미의 머리에 손을 얹고 동조를 시작했다. 연미가 나에게 주었던 권능이 작동하기 시작했다. 생명의 뿌리를 키우는 권능, 그것은 가이아가 가지고 있는 권능이기도 했다.

연미의 권능이 깨어났다. 깨어나자마자 게걸스럽게 주변의 에테르를 빨아들이기 시작했다.

'이대로라면 아이가 위험하겠지만…….'

연미의 몸으로 에테르가 유입되기 시작하자 배에 손을 얹어 아이를 보호하기 시작했다.

그렇다고 보호만 해서는 안 된다. 내 아이도 이번에 각성을 시켜야 한다.

위험한 시도지만 이렇게 하는 것은 연미가 가지고 있는 권능의 특성 때문이다. 생명의 뿌리를 키우는 특성상 연미의 권능이 아이의 생명을 지켜 줄 테니 말이다.

'으음, 다섯 가지 속성을 지니고 있다니 제법이구나.'

아이가 가진 의지의 씨앗을 깨우자 오행의 속성이 분출되기 시작했다. 한 가지 속성도 힘든 일인데 다섯 가지를 이렇게 진하게 가지고 있다니 제법이다.

'아무래도 내가 얻은 기운들로 인해 이런 속성을 가지게 된 모양이다. 일단 몸이 적응하게 만들자. 신성이 뿌리를 내리는 것은 아직 멀었으니……'

사람의 형상을 갖추었으니 지금은 아이의 몸을 만들어야 할 때다. 권능을 받아들일 수 있는 몸을.

연미가 이 아이의 엄마가 맞는 것 같다. 다섯 가지 속성이 싹트고 아이가 에테르를 받아들이기 시작하자 자신이 흡수한 에테르를 변형시키고 있다.

연미에 의해 아이가 가진 다섯 가지 속성으로 변형된 에테르가 순조롭게 흡수되고 있다.

에테르의 흡수 과정이 순조롭게 진행이 되고 있다. 워낙 엄청난 양이라 시간이 오래 걸리는 중이다.

'에테르 폭풍이 불지 않았다면 어려웠을 수도 있겠군.'

내가 가지고 있는 에테르는 연미와 아이를 조율하는데 쓰이는 중이다. 조율된 에테르를 따라 주변에 휘돌고 있는 에테르가 빠르게 흡수되고 있다.

가지고 있는 양이 워낙 많아서 내 것을 흡수시켜도 되지만 위험할 수도 있었다. 자칫 조율을 못할 수도 있으니 말이다.

에테르 폭풍으로 인해 필요한 양을 대부분 얻을 수 있어 다행이 아닐 수 없다.

흡수되고 있는 에테르의 양이 천천히 줄어들더니 어느 순간 멈췄다.

— 무사히 끝난 것 같습니다, 마스터. 주된 권능이 다시 깨어났으니 부수적인 것들도 깨어날 겁니다.

— 그렇겠지. 이대로 한숨 자게 내버려 두자.

— 예, 마스터.

깊은 잠에 빠져든 연미를 두고 침실을 나섰다.

불안한 표정으로 침실 앞을 서성이시는 장모님이 나를 바라보신다.

"성공했으니 안심하셔도 됩니다, 장모님."

"성공했다는 말인가?"

"예, 장인어른."

"이제야 안심이군. 앞으로의 일이 걱정이었는데 말이야."

장인어른도 걱정을 많이 했는지 한숨을 내쉰다.

"장인어른은 어떠십니까?"

"나도 자네가 준 것 덕분에 잃어버린 힘을 되찾았네. 오히려 전보다 훨씬 강해진 것 같네."

"다행이군요."

장인어른께도 노바를 드렸다. 장인어른이 가진 힘과 상성이 아주 잘 맞는 노바다.

"모두 자네 덕분이네. 그분들이 그런 표정을 지을 때 무척이나 궁금했는데 왜 그랬는지 지금에서야 알 수 있을 것 같네."

유럽으로 떠나신 아저씨들께도 노바를 드렸었다. 이미 몸이 만들어진 아저씨들이었기에 순식간에 신성이 뿌리내리기 시작했고, 또 다른 경지로 들어서 매우 놀라셨는데 장인어른도 그런 것 같다.

"다행입니다."

"그렇지만……."

장인어른이 말끝을 흐리신다. 아마도 아버지와 미영 아줌마 때문인 것 같다.

"시간이 걸리겠지만 아버지와 미영 아줌마도 괜찮을 겁니다."

"사돈어른들이 아직 깨어나지 않으시는데 정말 괜찮은 건가, 사위?"

"예, 지금 두 분은 몸이 만들어지는 과정이라서 그렇습니다. 깨어나시면 아주 좋아지실 겁니다."

"그렇다면 다행이군. 걱정했다네."

아버지와 이제는 부부처럼 지내는 미영 아줌마다. 두 분에게도 노바를 드리고 씨앗을 깨웠다. 씨앗이 깨어나기 직전의 상태였기에 그런 것이다.

지금은 노바에 담긴 권능을 흡수하기 시작했고, 몸이 변하는 과정 중에 있어 보기에 걱정이 많으셨던 모양이다.

연미를 마지막으로 노바가 다 사용되었다. 다른 노바도 있겠지만 이미 주인이 정해진 것들이라 내가 쓸 수 있는 것은 다 써 버린 것이다.

일차적인 준비는 다 끝난 것 같다.

세상으로 퍼져 나간 이들이 내가 준 것을 심으면 두 번째 준비가 끝난다.

그때쯤이면 내가 노바를 준 이들은 모두 신성이 뿌리를 내릴 테니 세 번째 단계로 들어가면 된다.

드디어 부모님과 할아버지를 찾으러 갈 수 있는 것이다.

"자네, 이곳을 떠나야 한다고 했는데 언제 가는 건가?"

잠시 생각에 잠겨 있었는데 장모님이 물으신다.

"연미랑 두 분이 깨어나면 곧바로 갈 생각입니다."

"자네는 확신하는 것 같지만 성공할 것 같은가?"

"걱정하지 마세요. 한쪽 방향으로만 나 있던 게이트가 이제 서로 소통하기 시작했으니까요."

"그렇지만 위험할 수도 있네. 후계자나 최고 지도자는 아주 무서운 사람들이니까 말이야."

"알고 있습니다. 위험할 수도 있겠지만 포기할 수는 없는 일입니다."

"알고 있네. 내 말은 조심하라는 뜻이네."

"염려 마세요. 자, 얼마 안 있어 다들 깨어날 테니 음식을 준비하는 것이 좋겠습니다. 장모님."

"알았네."

가족을 구하는 일이기에 장모님도 더 이상 말이 없으셨다.

장모님과 같이 주방으로 가서 음식을 준비하기 시작했다. 장
인어른도 같이 오셔서 식재료를 다듬어 주셨다.

한참 준비를 하는 와중에 아버지와 미영 아줌마가 깨어나 주
방으로 왔다.

"괜찮으세요?"

"우리는 괜찮다. 고맙구나."

"아니에요. 이제 두 분이 행복하게 사시기만 하면 돼요."

"흠, 알았다."

아버지가 헛기침을 하며 미영 아줌마를 바라본다.

"고마워, 차훈아."

"아니에요. 어머니."

"흑!"

어머니라는 말에 눈물을 흘리신다. 아버지는 마음이 애틋했
는지 어깨를 감싸 안으신다.

"시장하실 텐데 자리에 앉으세요, 사돈."

장모님이 두 분을 식탁에 앉히셨다.

"아기는 어떻게 됐냐?"

"이제 끝난 것 같으니 조금 있으면 나올 거예요."

"다행이구나."

연미도 조금 전에 깨어나 씻고 있는 중이다.

잠시 뒤 연미가 주방으로 나왔다.

"호호호! 자, 다들 모였네요."

장모님이 환하게 웃더니 만들어 놓은 음식들을 식탁에 올려 놓기 시작했다.

"자 식기 전에 먹어야 맛있어요."

장모님의 권유로 식탁에 앉은 후 식사를 하기 시작했다.

한동안 헤어져 있어야 하지만 애써 기색을 감추고 다들 먹는데 열중했다.

"정말 맛있게 먹었습니다."

"저도요."

아버지와 이제는 어머니가 된 미영 아줌마가 장로님께 고마워했다.

"별말씀을요. 언제든지 만들어 드릴게요."

"장모님 덕분에 저도 잘 먹었습니다."

"호호호, 사위도 잘 먹었다니 다행이네. 이제 조금 있으면 떠나야 하니 차나 한잔 마실까, 사위?"

"예, 장모님."

장모님이 자리에서 일어나 차를 우리기 시작했다. 식사 전에 미리 물을 끓여 놓고 약한 불로 해놓았기에 차는 금방 우릴 수 있었다.

"천천히 마시고 가게."

차를 내려놓은 장모님이 한마디 하신다.

"예, 장모님."

향긋한 허브차가 심신을 맑게 하는 것 같다.

내가 무엇 때문에 떠나는 지 아는 까닭에 다들 표정이 좋지 않았지만 장모님만은 애써 밝은 표정을 지으신다.

"자 다들 왜 그래요. 사위가 죽으러 가는 것도 아닌데. 다들 느끼겠지만 사위를 막을 수 있는 존재는 없어요. 그러니 차 한 잔 마시고 웃는 얼굴로 보내 줘요. 연미 너도."

"아, 알았어요."

"그래, 남편이 큰일을 하러 가는데 아내가 돼서 그렇게 웃어 줘야지."

애써 미소를 지어 보이고 있는 연미를 향해 장모님이 한마디 하신다.

"너무 걱정하지 마. 무사히 돌아올 테니까 말이야."

"꼭 무사히 와야 해요."

"후후후, 알았어."

차를 마시는 시간은 얼마 걸리지 않았다. 떠날 때가 되었고, 내가 자리에서 일어나자 모두들 같이 일어났다.

"빨리 다녀올 테니 제가 말씀드린 것을 유념해서 준비를 해 주세요."

"조심해서 다녀와라."

"조심하게, 사위."

"그럼, 다녀오겠습니다."

아버지와 장모님의 배웅을 받으며 인사를 했다. 가족들의 얼굴을 눈에 담는 것도 잊지 않았다.

팟!

더 이상 있으면 떠나지 못할 것 같아 공간 이동을 했다. 내가 간 곳은 비밀 기지 지하에 있는 게이트였다.

이곳을 떠나기 전에 안전장치를 해두기 위해서다.

가이아도 내 움직임을 알 테지만 상관하지 않기로 했다.

지금 게이트에 설치하고 있는 결계는 가이아에 대한 경고의 의미도 되니 말이다.

장승처럼 세워져 있는 열두 개의 기둥을 향해 결계를 설치했다. 회의장에 있는 것과 비슷한 이 기둥들은 게이트를 안정화시키기 위한 태초의 존재들이 만든 신물들이다.

'결계 내부로 진입하는 순간, 젠이 만들고 새롭게 창조된 세상으로 들어갈 테니 누구도 저 게이트 너머로는 갈 수 없을 것이다.'

내가 설치한 것은 들어오는 것을 저지하거나 소멸시키기 위한 결계가 아니다. 절대적인 힘으로 다른 곳으로 이동시키는 결계다.

설사 그것이 가이아라고 해도 들어오는 순간, 얼마 전에 만들어진 세상으로 이동을 할 테니 게이트 너머로는 진입을 할 수 없을 터였다.

물론 다른 세상에서 힘을 쓸 수는 없을 것이다. 그곳은 에테르가 아닌 다른 에너지가 지배하는 세상이니 말이다.

'후후후, 그리고 어쩌면 이것이 거대한 덫이 될 수도 있을지 모른다.'

하탄은 브리턴의 에테르를 마나로 변형시켰다. 이곳에서 브리턴으로 넘어간 존재들은 그 때문에 힘을 제대로 쓰지 못하고 묶여 버리기까지 했다. 자신들이 가지고 있는 에테르가 마나로 변해 버리는 과정을 겪었기 때문에 말이다.

이곳을 통해 다른 세계로 넘어가려는 존재들이 있다면 그들도 같은 과정을 겪게 될 것이다.

상위의 존재에서 나락으로 떨어지는 것도 어쩔 수 없는 일이다. 모든 것이 자신들의 선택이었으니.

'후우, 이제 그만 가볼까!'

이제는 한반도로 가야 한다.

내가 모든 것을 쓸어온 탓에 독이 오를 대로 오른 그들이 기다리는 곳으로 말이다.

팟!

부모님과 할아버지, 그리고 많은 사람들을 집어 삼켰던 그곳으로 이동했다.

러시아, 중국, 영국, 독일, 일본!

이들의 공통점은 2차 세계대전 당시 전쟁을 벌였던 당사자라는 것이다.

세계 최대의 국가인 미국을 제외한 주 당사자들인 이들 국가의 공통점은 또 하나 있다.

바로 에테르가 아닌 미지의 에너지를 쓰던 골렘의 부품들에 그려진 문양을 휘장으로 삼는 이면 조직들이 지배하는 나라라는 것이다.

한쪽은 승전국이고, 한쪽은 패전국이다. 일반인들의 전쟁도 치열했지만 이면 조직 간의 전쟁은 그 정도를 벗어나 처절할 정도였다.

세계대전 이후 여러 면에서 대립해 온 그들이 합작해서 골렘과 드래고니안을 만든 상황이다.

이면 조직들이 가지고 있는 특별한 기술들이 모여 미지의 에너지를 쓰는 강력한 결전 전투 병기를 만들어냈다는 것은 정말 의아한 일이 아닐 수 없었다.

테라 나인이 가져온 샘플들은 가이아를 따르는 이들에게 고민을 안겨 주었다.

문양은 사라지고 없었지만 유리안과 제레미의 전투 슈트에 부착된 영상 장치를 확인했기 때문이다.

역사적 배경이나 지금까지 대립해 온 것으로 봤을 때 절대 일어날 수 없는 일이 일어난 상황이다.

더군다나 이면 조직들이 표식으로 삼는 문양이 문제가 아니었다. 5개국의 이면 조직들이 사용하는 문양 이외에 다른 문양은 더욱 심각한 문제였다.

영상을 분석한 결과 정체를 알 수 없는 다섯 개의 문양이 새겨진 부품들이 훨씬 많았던 것이다.

절반이 훨씬 넘는 부품들이 정체를 알 수 없는 문양을 휘장으로 삼는 조직들의 것이고 보면 심각해지지 않을 수 없었던 것이다.

적어도 5개국의 이면 조직을 능가하는 조직이 있다는 뜻이었고, 정체를 전혀 알 수 없다는 사실은 공포로 다가올 수밖에 없었다.

수뇌부를 이루는 주술사들이 집단 정신감응을 통해 가이아를 찾았다.

주술사이자 사제이기도 한 그들은 자신들이 밝혀낸 것들을 가이아에게 모두 고했다.

생명의 성역이자 어스에 마련된 자신만의 공간에서 보고를 받은 가이아는 사제들의 보고에 심상치 않은 일이 발생하고 있음을 직감했다.

인과율 시스템과 접속을 할 수 없는 가이아는 지금까지 지구상에 존재하는 생명체들의 의식에 연결됨으로서 세상이 어떻게 돌아가고 있는지 파악을 해왔다.

하지만 세상이 급격하게 변하기 시작한 퉁구스 대폭발 이후로 생명체들과의 연결이 점차 단절되었다. 때문에 알 수 없는 영역이 점점 늘어나고 있었는데, 이번에도 마찬가지다. 샴발라에서 벌어진 일들을 전혀 알 수 없었던 것이다.

샴발라야 지구가 생명의 번성을 시작한 후부터도 알 수 없는 영역이었지만, 주변에 대해서는 항상 염두해 두고 있었다.

샴발라도 아니고 주변에 이상이 발생하면 바로 알 수 있었는데 지금은 달랐다.

사제들이 보고하기 전까지 골렘이나 드래고니안에 대한 것은 하나도 알 수 없었던 것이다.

— 처리하고 남은 것들을 가져와 살펴봤는데도 문양의 정체를 알아낼 수 없다는 말이구나.

— 그렇습니다. 하지만 지금까지 지구상에 존재하는 이면 조직들 중 저희의 눈을 벗어난 곳은 없었습니다.

— 이곳 지구의 조직이 아니라는 말이구나.

— 저희들이 내린 결론은 그것 밖에는 없었습니다. 어찌하면 좋겠나이까?

— 블리자드, 반고, 엑스칼리버, 지온, 다카마가하라에서 무슨 일이 벌어졌는지 탄생부터 지금까지 샅샅이 살펴라.

가이아는 5개국의 이면 조직들의 연원부터 조사하도록 지시를 내렸다.

— 가이아의 뜻대로 이행이 될 것입니다.

— 그것만이 아니다. 골든 게이트의 숨어 있는 배후 세력에

대한 조사도 병행한다.

— 골든 게이트도 말입니까?

5개국의 이면 조직과 골든 게이트까지 건드리는 일이다. 자칫 전면전이 될 수 있기에 주술사들은 묻지 않을 수 없었다.

— 그렇다. 놈들과 연결된 세계의 패권을 차지한 존재들이 있다. 연원을 알 수 없는 그 문양들은 아마도 그들이 쓰는 것일 것이다.

— 무슨 뜻인지 알겠습니다. 반드시 알아내도록 하겠습니다.

— 비열하고 더러운 기운이 지구를 물들이고 있다. 이는 죽음을 각오하고라도 막아야 하는 일이다.

— 저희들이 죽음으로서 막겠나이다.

— 이번 전쟁은 성전이 될 것이다. 전사들에게 널리 알리고 대비하라 일러라.

— 명심하겠나이다.

— 그리고 내 의지를 이어받은 이가 이제 움직이기 시작했다. 그가 상대해야 할 적들은 세상의 기운을 갉아먹는 존재들이다. 세상을 장악하고 있는 자들이라 힘들지도 모르니 잘 보필해야 할 것이다. 이는 성전과 더불어 너희들의 사명이 될 것이다.

— 알겠나이다.

가이아의 지시를 받은 주술사들은 자리에서 벗어나 각자의 영역으로 향했다.

집단 정신감응이 끝난 후 가이아가 개별적으로 내린 명령을 수행하기 위해서였다.

　사제들과의 감응을 끊고 성역의 공간에 존재하는 가이아는 고민에 빠졌다.

　자신을 희생해 연결된 세계를 차단했을 때와는 상황이 많이 달라지고 있었기 때문이었다.

　'으음, 세상과의 연결이 점점 빨리 끊기고 있다. 이는 곧 그 더러운 기운들로 인해 나의 사랑스러운 아이들이 변해가고 있다는 뜻이다. 하루라도 빨리 그 아이가 사명을 완수해야 하는데 큰일이다.'

　자신이 창조하고 관리하던 생명체들이 변해가고 있었다. 정확히 말하자면 생명체에 드리워진 의지가 사라져 가고 있었다.

　자신의 창조주이자 이 세계를 만든 차원의 주인이 베푼 씨앗들이 사라지고 있었다.

　오롯이 선 존재가 될 수 있는 근원의 씨앗들이 사라지는 것은 자신이 점점 소멸되어가고 있다는 것을 뜻하기에 가이아는 마음이 급했다.

　오랜 세월 준비해 왔던 아바타들은 이미 자신의 소명을 전해 받을 수 없는 상태다.

　연이 닿아 세상의 기운을 얻은 아바타의 반려가 있어 자신의 의지를 전해 받을 수 있게 되었지만 아직 갈 길이 멀었다.

　'이런 상태에서 내가 점점 약해진다면 선택할 수 있는 길은 마지막 남은 그것 하나뿐이다. 어쩌면 창조주께서 허락한 마지

막 선택만이 모든 것을 살리는 길이 될지도 모른다.'

실패를 생각하는 순간, 가이아는 오랜 옛날 창조주가 허락한 두 가지 선택 중 하나를 사용한 기억이 떠올랐다.

생명의 근원으로 더러움을 모두 씻어버린 선택으로 지구는 다시 살아날 수 있었다.

하지만 그 선택은 다시 할 수 없는 상황이다. 세상을 유지하며 정화하는 권능을 쓰기에는 너무도 약해진 자신이었다.

그나마 남은 마지막 선택은 첫 번째 선택보다 무시무시한 것이라 쉽게 쓸 수 없는 것이었다.

그동안 해왔던 것은 물론 자신까지도 완벽한 백지 상태로 되돌리는 것이기에 가이아로서도 쉽지 않은 선택이었던 것이다.

'잘해야 한다. 나의 영역을 벗어난 아이야. 내가 마지막 선택을 하지 않도록……'

자신조차 인식할 수 없는 존재의 보호를 받고 있는 차훈이었다. 가이아는 자신이 마지막 선택을 하지 않도록 반려로서 얻은 사명을 차훈이 완수해 주기를 바랐다.

비밀 기지를 떠나 공간 이동을 해 간 곳은 부모님과 할아버지를 삼켜버린 게이트가 있는 곳이었다.

녹정을 얻었던 수용소와 그리 멀리 떨어져 있지 않은, 수용소가 바라다 보이는 언덕 위에 도착한 후 주변을 살폈다.

'역시, 이 세계의 것이 아닌 존재들이 주변을 지키고 있구나.'

수용소를 중심으로 배회하며 움직이는 존재들이 느껴졌다. 샴발라에서도 그렇고, 젠이 만든 변해 버린 세상에서도 확인한 미지의 에너지를 품고 있는 녀석들이었다.

'아마도 전이었다면 저런 존재들이 있다는 것을 전혀 알지 못했을 것이다.'

확실히 전에는 전혀 알 수 없던 존재들이다.

샴발라에 가서 미지의 에너지를 느끼고, 젠이 만든 세상에서 미지의 에너지를 기반으로 창조된 생명체들을 보면서 비로소 알게 된 존재들이었다.

미지의 에너지에 대한 경험이 없었다면 절대 알 수 없는 것들이 보였다.

격을 갖추지도 않고, 신성을 가지고 있지 않음에도 초월적인 힘을 지니고 있는 존재들이다.

뭐라고 설명할 수는 없지만 인간이되 인간이 아니며, 괴물이되 괴물이 아닌 존재들이다.

'마치 신을 대적하기 위해 만들어진 존재 같다.'

초월적인 존재라 할지라도 미지의 에너지에 대해 제대로 알지 못하면 절대 알아볼 수 없는 강력한 힘을 가지고 있다.

권능이라 해도 모자라지 않기에 신성을 가진 이들도 소멸을 각오해야 상대할 수 있을 만한 존재들이었다.

'에테르에 즉각적으로 반응하고 있다. 미지의 에너지로 공간 결계를 구성해 주변에 흐르는 에테르를 흡수해 힘을 키우고 있으니 저 안으로 공간 이동 자체가 불가능하겠구나.'

수용소 반경 3킬로미터에는 에테르가 전혀 존재하지 않는다. 마치 돔처럼 미지의 에너지가 둘러싸고 있는 형태를 유지하고 있는 중이다.

놈들이 에테르를 흡수하면서 자연스럽게 공간 결계가 형성되어 있다. 에테르가 완전히 소멸된 것이나 마찬가지이어서 공간 이동이 불가능한 것이다.

아주 단순하지만 강력한 결계가 아닐 수 없었다.

'그냥 뚫고 들어가야 하나?'

공간 이동이 불가능하다면 무력으로 뚫어야 하는데 생각보다 쉽지가 않다. 내가 움직이는 경로를 따라 에테르를 끌어와야 하는 까닭이다.

― 젠, 에테르가 없는 곳에서 내가 신과 싸울 수 있는 시간이 얼마나 될까?

― 어떤 신성을 가지고 있느냐에 따라 달라지겠지만 최대 백 일, 최소 하루 정도입니다.

― 하루에서 백일이라… 저기를 뚫는 데는 얼마나 걸릴까?

― 세부적인 비교치가 없어서 확신할 수는 없지만, 마스터라면 사흘은 걸릴 것으로 생각됩니다.

― 너무 시간이 지체되는군.

고작해야 반경 3킬로미터지만 사흘이 걸린다면 하루당 1킬로미터 전진을 할 수 있다는 뜻이다.

처리하는 동안 후계자나 최고 지도자에게 알려지지 않아야 하는데 너무 많은 시간이 걸린다.

― 젠, 시간을 단축시킬 방법이 없을까?

― 제가 개조한 골든 게이트의 골렘을 활용하는 것이 어떻겠습니까?

― 골렘을 이용하라는 말이야?

― 샴발라에서 확보한 것들을 분석해 여러 가지 기능을 업그레이드시켰으니 제법 힘을 쓸 수 있을 겁니다. 전부 처리하기는 어렵겠지만 마스터께서 갱도 안까지 진입하는 데 까지는 시간을 벌어 줄 수 있을 겁니다.

― 그렇기는 하겠지만 숫자가 너무 많아. 고작 한 기 가지고 시간을 많이 얻지 못할 것 같아.

― 염려하지 마십시오. 샴발라에서 회수한 것들이 적지 않아 좀 더 만들었으니 말입니다.

― 추가로 만들었다고?

― 현재 오백 기가 추가로 제작이 되었습니다.

― 오백 기나 만들었다는 말이야?

― 그렇습니다, 마스터. 기본적으로 구동 구조가 비슷하고 생체 부품은 드래고니안의 것으로 대체할 수 있어 금방 만들 수

있었습니다. 제가 알고 있는 마법 또한 모두 각인시키고, 최상급 마나 스톤을 때려 박았으니 충분히 상대할 수 있을 겁니다.

— 으음, 젠.

— 예, 마스터.

— 젠이 만든 골렘들 말이야. 전부 에고를 탑재했지?

— 중급 정도의 에고가 탑재되어 있기는 합니다만, 왜 그러십니까?

— 주동력은 에테르인가?

— 에테르이긴 합니다만, 제 특성상 브리턴의 마나를 기반으로 열린 세계의 모든 에테르를 사용하도록 만들었습니다.

— 으음, 좋아. 그렇다면 가능할지도 모르겠군.

— 뭐가 말입니까?

— 일단 확인을 해봐야 하니까 한 기만 나와 감응할 수 있도록 해주겠어?

— 알겠습니다.

젠에게 이런 요청을 한 것은 한 가지 확인할 것이 있어서다.

젠이 만든 세상에서 미지의 에너지가 어떤 작용을 하는지 처음부터 끝까지 감응한 터라 이번 기회에 시험을 해보고 싶었기 때문이다.

감응이 시작되자 골렘의 모든 것이 한 번에 인지되었다. 젠이 제작한 골렘 안에는 모든 것이 들어 있었다.

'이건 마치 개마무사 같군. 거기다가 천재에 준하는 인지능

력을 갖춘 에고까지, 젠이 아예 작정하고 만든 것이로군.'

가이아의 비밀 기지에 적용된 기술은 물론, 골든 게이트의 기술과 브리턴의 마법과 프리온의 초과학, 그리고 샴발라에서 확인한 골렘과 드래고니안들에게 적용된 기술들까지 총망라가 되어 있었다.

나와 연결된 세계의 모든 기술이 집약된 골렘들은 마치 장군 같은 모습이다. 매영의 교육 과정에서 인상에 많이 남았던 개마무사를 닮은 모습이었다.

그리고 구성 물질만 다를 뿐 인간의 생체 시스템과 완벽하게 닮아 있었다.

'으음, 이 정도면 가능할지도 모른다.'

젠이 만든 세상을 창조에 가깝게 개조한 검은 물체는 이미 내의지 속에 인식이 되어 있는 중이다.

완전히 나와 하나가 된 상태이기에 이것들을 움직여 골렘들을 변화시킬 수 있을지 시험을 해볼 참이다.

생각이 일자마자 젠이 골렘들을 보관하는 아공간 안으로 검은 물체들이 나타났다.

— 마, 마스터!!

의지를 뚫고 곧바로 나타난 것에 많이 놀란 것 같다.

— 걱정하지 마. 별일 없을 테니까.

젠과 마찬가지로 내 의지에 종속되어 있는 존재다.

젠의 의지가 직접적으로 개입되어 있을 뿐만 아니라 의지에 연계되어 있지만 우려할 만한 일은 일어나지 않을 것이다.

먼저 에고에 미지의 에너지를 인식시키기로 했다. 사용을 하려면 에고가 에너지의 정체를 확실히 알아야 하기 때문이다.

파츠츠츠츠!

생각이 일자 검은 물체가 골렘을 에워싸더니 붉은색의 광선이 발사됐다. 뇌전처럼 일어난 붉은색의 섬광이 골렘과 연결이 되며 단숨에 에고에 접속했다.

그것뿐만이 아니었다. 내 심장도 변화가 생겨났다. 녹정으로 인해 온통 녹색으로 물들어 버리며 일체화된 심장에서 붉은 기운이 치솟았다.

검은 물체들이 나와 하나가 되었을 때 내 안에 존재하고 있는 것을 알게 된 에너지다.

'제대로 움직이는구나.'

그동안 미지의 에너지에 대해 생각을 해봤고, 정체를 알게 되었다. 갓난쟁이 시절, 할아버지와 어머니를 이어 나에게 전해졌던 혈정의 기운이다.

아니, 혈정의 기운만이 아니다. 천지를 뒤흔든 핏빛 번개도 녹아 있는 기운이다.

검은 물체들이 세상을 만드는 과정을 보기 전까지는 알지 못했지만 혈정과 핏빛 번개에 담긴 것은 미지의 에너지였다.

그것도 고순도의 정제된 에너지다.

고순도의 에너지를 들어오자 골렘의 에고가 기동하기 시작했다. 단순한 기동이 아니다. 자신에게 담겨 있는 에테르와 상극의 기운에 대항하기 위한 것이었다.

'이제는……'

그린 하트!

내 심장을 변화시킨 녹정이 움직인다. 내 심장과 같은 형태의 녹색 기운이 생성되더니 곧바로 공간을 건너뛰어 골렘에 장착되어 있는 마나 엔진에 스며든다.

인간의 심장과 꼭 같은 마나 엔진이 미지의 에너지를 받아들이고 있다. 에테르와 미지의 에너지를 섞어 새로운 형태로 재창조한다.

'됐다! 일단은 성공이다.'

녹색의 싱그러운 생명을 간직한 에너지가 마나 엔진에서 뿜어져 나와 에고와 연결이 되었다.

— *깨어나라.*

— *마스터를 뵙습니다.*

— *이상이 있는지 살펴봐라. 특히 에너지 수용도는 어떤지 상세히 살피도록.*

— *알겠습니다, 마스터.*

들여오는 사념이 조금은 기계적이다. 인간적인 면이 조금은 떨어진다.

'그래도 이 정도면 양호하다.'

젠에 비해서는 기능이 많이 떨어지지만 인간으로 치자면 천재적인 학습 능력과 인지능력을 지닌 에고다.

내 말을 잘 알아듣고 자신의 상태를 체크하기 시작한다.

— 동력원을 활용한 기동 체계 이상 없습니다. 명령 전달 체계 또한 이상 없습니다. 체계를 전부 검사한 결과 에너지 활용률 및 시스템 운용률이 이백 퍼센트 향상되었습니다.

— 좋군. 전투 통제 체계를 학습하는데 얼마나 걸릴 것 같나?

— 이차 공간 감시 체계까지 활성화한다면 한 시간이면 전부 끝날 것 같습니다.

— 그럼 곧바로 진행하도록.

— 알겠습니다. 마스터.

명령이 떨어지자 골렘이 시스템을 활성화하기 시작했다. 제대로 된 기동이 시작되자 젠이 궁금한 듯 묻는다.

— 마스터, 어떻게 된 일입니까?

— 미지의 에너지를 사용할 수 있는 방법을 알아낸 것뿐이야. 될 거라고는 생각했는데, 성공한 것 같아.

— 으음. 에테르와는 상극인데 공존하며 동력원으로 활용할 수 있다니 놀랍습니다.

— 나도 놀랍기는 마찬가지야. 일단 젠도 지켜봤으니 활성화시키는 것이 가능하겠지?

— 마스터의 허락만 떨어지면 당장이라도 가능합니다.

— 허락할 테니까 전부 활성화시켜줘. 활성화하는데 한 시간 정도 걸린다니까 그동안 나는 주변을 봉쇄하도록 할게.

― 알겠습니다. 마스터.

내 의지에 따라 내가 가진 모든 것을 쓸 수 있는 젠이다. 사용하는 방법도 알았으니 아공간에 보관되어 있는 골렘들을 모두 활성화시킬 수 있을 것이다.

젠은 남아 있는 499기의 골렘들을 동시에 활성화시키기 시작했다. 심장에서 차례로 기운들이 빠져나가고 있었다.

그리 부담이 되는 일이 아니었기에 수용소 주변을 돌며 결계를 치기 시작했다.

수용소로부터 10킬로미터 반경을 돌며 결계를 쳐 나갔다. 내가 친 결계에는 이 세계의 에테르를 비롯해 미지의 에너지도 사용이 되었다. 골렘을 활성화시키는 방법과 비슷했기에 그리 어렵지는 않은 일이었다.

'그나저나 인간 같지 않은 저놈들을 어떻게 처리하느냐가 문제로군.'

수용소 철조망 안쪽과 바깥쪽은 머무는 존재들이 달랐다. 철조망 안에는 인간과 능력자들이 수용되어 있었고, 철조망 바깥쪽에는 괴물들이 살아가고 있다.

괴물들은 선천적으로 타고난 능력을 개조하다 실패해 인간이 아닌 존재가 되어버린 존재들이다.

사람의 피와 에테르에 광적인 탐욕을 지닌 존재들로, 자신의 모습을 잃고 마치 악마처럼 변해 버린 자들이지만 본래는 인간이었기에 처리하기가 껄끄러웠다.

— 마스터!

젠이 나를 부르는 사념에 결계를 펼치느라 펼쳤던 기감을 거두고 보니 벌써 한 시간이 다 지나 있었다.

— 다 끝난 건가?

— 예. 활성화가 전부 완료되었습니다, 마스터.

— 어려운 것은 없었고?

— 마스터께서 한 번 작업을 하신 일이라서 그다지 어려운 것은 없었습니다. 다만…….

— 뭐? 궁금한 거라도 있어?

— 마스터께서 가지고 계신 에테르의 원천은 연결된 아홉 세계의 정화라는 것을 저도 이미 알고 있었습니다만, 갑자기 생겨난 미지의 에너지는 어떻게 된 건지 궁금합니다.

— 여태까지 느끼지 못하고 있었어?

— 예, 한 번도 느끼지 못했습니다.

— 그건 할아버지의 유선이야. 할아버지가 그걸 어떻게 얻게 되신 것인지는 나도 잘 몰라. 사용하게 된 것도 지금이 처음이고.

— 위험하지 않겠습니까?

— 그런 것 같지는 않아. 아주 어렸을 적에 얻었는데 지금까지 아무 이상도 없었고, 내 의지도 잘 따라 주니 말이야. 일반적인 에테르와는 상극이지만 내가 가지고 있는 원천으로 잘 제어가 되는 것 같기도 하고.

― 무슨 말씀이신지 잘 알겠습니다. 하지만 주의하시는 것이 좋겠습니다. 아무래도 외계의 의지가 깃든 것이라 마스터께서 위험하실 수 있으니 말입니다.

― 걱정해 줘서 고마워. 주의하도록 할게.

마음을 써 주는 젠이 고맙다.

에테르를 완벽하게 소화해 자신의 것으로 만드는 미지의 에너지다. 자칫 내 근원을 빼앗길 수도 있는 까닭에 젠이 우려하지 않아도 나 또한 경계심을 가지고 있다.

― 아닙니다, 마스터.

― 그럼 포지션을 정해 보도록 할까?

― 어떻게 하실 생각이십니까?

― 양동작전을 하는 것이 좋겠어. 수용소 주변을 맴도는 괴물들은 인간의 신체를 바탕으로 미지의 에너지를 이용해 변이시킨 것들이라 이미 존재의 가치를 잃은 이들이니 소멸시키도록 해. 아주 화려하게 말이야. 그러면 수용소 안에 있는 놈들이 움직일 거야. 그 사이 나는 갱도로 들어갈 거고.

― 갱도를 지키려고 하는 자들이 있을 겁니다.

― 상관없어. 이제는 공간 이동이 가능할 거 같으니 말이야. 그리고 갱도 안에 들어가 뭘 가져오는 것이 아니니 문제는 없을 거야.

그린 하트가 있는 이상 미지의 에너지도 문제가 되지 않는다. 생각이 미치는 곳에 에테르의 원천이 발하는 에너지가 공간을 격해 만들어진다.

에테르의 원천이 형성하는 에너지 공간으로 곧바로 이동하면
된다. 미지의 에너지를 차단해 만들어지게 되니 간섭을 받을 염
려는 없다.

내가 생각하고 있는 방법이 젠에게 전해지자 곧바로 수긍을
한다.

─ 알겠습니다. 맞춰서 준비를 하겠습니다. 골렘들의 공격이
시작되면 곧바로 들어가시면 될 겁니다.

─ 알았어.

사념이 끝나기 무섭게 젠의 아공간에서 골렘들이 소환되기
시작했다.

500기에 달하는 골렘들이 원을 그리며 결계 주변을 에워싸듯
소환이 되었다.

'번쩍이는 금속 광택만 아니라면 인간이라고 해도 믿을 정도
로 정교하군.'

골렘들은 인간과 닮은 형태다. 인간의 피부와 비슷하기만 했
다면 사람으로 보일 정도다.

내 취향 때문인지 찰갑을 입은 형태로 서 있는 골렘들은 마치
장수들이 서 있는 것 같다.

─ 아까와 조금 다른 것 같은데?

─ 아까 보신 것은 본체입니다. 지금 모습은 외장과 무장을
한 형태입니다.

― 저게 기본 무장이군.

― 그렇습니다. 그리고 전장의 상황에 따라 두 번에 걸쳐 변신할 수 있습니다. 골렘의 단계별 변신에 대해서는 정보를 보내드리겠습니다.

젠이 정보를 보내왔다.

― 으음, 대단한데! 첫 번째 단계는 두 배로 체격이 커지고, 두 번째 단계는 전마라니 말이야.

― 마스터께서 평소 생각하시는 강력한 전사의 이미지대로 차용을 했습니다.

― 그렇군.

생각한 대로 젠은 고구려의 용맹한 전사들인 개마무사를 차용해 골렘을 제작한 것 같다.

― 젠, 골렘들의 이름을 정해 놓은 거 있어?

― 마스터께서 정하실 수 있도록 해놨습니다.

― 그럼 지금부터 골렘의 이름을 개마무사라고 칭하자.

― 각 에고에 마스터에 뜻을 전했습니다.

― 좋았어. 그럼 지금부터 시작하면 되는 거지?

― 예, 마스터.

준비가 끝났다는 젠의 대답에 포위하고 있는 개마무사들에게 사념을 보냈다.

― 지금부터 결계 안쪽부터 수용소 철조망 사이에 있는 존재들을 전부 소멸시킨다. 세상에 존재해서는 안 될 것들이니 가장

화려하게 마지막을 장식해 줘라.

　－ 알겠습니다, 마스터.

　500기의 골렘들이 동시에 발하는 사념이 들려왔다.

제3장

3

스승님이 나에게 남겨준 정보가 떠오른다. 수용소 안에 있는 각성자들과 외곽을 지키고 있는 괴물들에 관한 것이다.

대한민국이 멸망한 후 북한 전역에 건설된 수용소에서는 선천적으로 능력을 지니고 태어난 인간을 대상으로 실험이 진행되었다. 후계자와 당시 모습을 감추고 있었던 흑운이 진행한 비밀 실험이었다.

실험의 목적은 인간의 피와 공포, 그리고 미지의 에너지를 이용해 선천 능력자의 능력을 몇 단계 끌어올려 차원이 다른 존재로 각성시키기 위한 것이었다.

그렇게 엄청난 사람들이 죽어나가며 능력자를 만들기 위한 금단의 술법이 펼쳐졌지만, 성공할 확률은 극히 낮았다. 100명이 참여하면 한 명 정도만 성공했고, 나머지는 실패했다.

성공한 이를 제외하고 실험에 참여해 실패한 대부분이 핏물로 변해 산화했고, 개중 몇몇은 살아남을 수 있었다.

실험에 실패하기는 했지만 살아남은 이들이 쓸모가 없는 것은 전혀 아니었다.

이지를 상실하고 신체 변이를 일으켜 괴물에 가까운 모습으로 변해서 그렇지 가지고 있는 무력만큼은 특급 능력자를 상회하고 있었다.

그리고 재미있는 것은 괴물로 변한 존재들이 동일한 실험에서 각성한 이들을 추종한다는 것이었다.

흑운은 이 점에 착안해 각성시킨 존재와 괴물들을 하나로 연결해 무력 조직을 만들었다. 실험에 같이 참여해 각성한 이를 절대적으로 따르기에 만들어진 조직이었다.

각성한 능력자 한 명과 그를 따르는 20명의 실험체로 만들어진 조직이지만, 이들의 무력은 가공스럽기 그지없었다. 전투가 시작되면 정신이 하나로 연결되어 지독할 정도의 합공을 펼치기 때문이었다.

광폭화된 선천 능력에 더해 극한으로 강화된 신체를 가진 괴물들과의 정신감응으로 하나가 된 각성자의 능력은 가히 권능에 필적할 만한 위력을 지니고 있다.

하지만 젠에 의해 만들어진 개마무사의 능력도 만만치 않다.

신성을 지닌 존재들을 상대하기 위해 만들어진 골렘을 기반으로 연결된 세계의 기술과 마법들이 집약된 존재이니 말이다.

창!

개마무사들이 기본 무장이라고 할 수 있는 칼을 꺼내들었다. 내 취향을 적용한 것인지 칼조차 환두대도다.

개마무사들은 결계 안으로 진입하자 두 기씩 짝을 지어 전진하기 시작했다. 수색을 하며 전진하는 개마무사의 두 눈에서 살기가 줄기줄기 뻗어 나왔다.

파파파파팟!

결계 안으로 들어서자 괴물들이 나타났다. 외형이 브리턴에 존재하는 오우거와 많이 닮아 있었다.

3미터에 달하는 신장에 상어처럼 수도 없이 날카로운 이빨들이 나 있었고, 두 눈에서는 혈광을 줄기줄기 내뿜고 있었다.

카오오오오!

개마무사를 발견한 괴물들이 괴성을 질렀다. 동시에 놈들의 손에서 날카로운 손톱들이 돋아났다.

슈슈슈슝!

공격을 먼저 시작한 것은 개마무사들이었다. 철갑 형태의 갑옷들에서 비늘들이 일제히 일어서더니 괴물들을 향해 섬광과 같이 날아갔다.

퍼퍼퍼퍼퍼퍽!

카오오오오!

탄환처럼 쏟아진 비늘들이 자신들의 신체를 뚫고 지나간 탓에 비틀거리는 괴물들의 입에서 전보다 더한 흉성이 터졌다.

'가공할 회복력이다.'

괴물들의 몸에 주먹만 한 크기의 구멍이 숭숭 뚫렸는데 곧바로 메워졌다. 브리턴 대륙의 트롤은 울고 갈 만한 회복력이었다.

카오오오오오!!

다시 한 번 흉성이 터졌다. 괴물들의 두 눈에 흐르는 혈광이 더 짙어졌고, 손톱에는 붉은 기운이 어리기 시작했다.

파파파파파파팟!

흉성이 도진 괴물들이 개마무사들을 향해 빠르게 돌진했다. 한 걸음마다 대략 4미터가 넘는 거리를 도약하듯 달려왔다.

슈슈슈슈슈슈슈슝!

퍼퍼퍼퍼퍼퍼퍼퍼퍽!

막 맞붙으려는 순간, 쏟아져 나갔던 비늘들이 어느새 돌아와 괴물들의 신체를 다시 한 번 꿰뚫었다.

파팟!

폭!

서걱!

괴물들이 비틀거리는 순간, 이인 일조의 개마무사가 동시에 움직였다. 한 자루의 검이 심장이 있는 부분을 파고들었고, 다른 검은 목을 단숨에 잘라냈다.

공격은 거기에서 그치지 않았다. 개마무사들은 볼 것도 없이 다른 괴물들을 향해 움직였고, 이번에는 머리를 잘랐던 검이 심장에 박히고, 다른 검이 목을 잘랐다.

처리는 그것만으로 끝난 것이 아니었다.

머리와 몸이 양분되어 바닥에 쓰러진 괴물들을 향해 개마무사들이 손을 뻗자 녹색의 불길이 솟아올랐다.

녹색의 불길이 솟아 오른 괴물들은 한순간에 소멸했다. 전신으로 빠르게 불이 붙더니 먼지처럼 산산이 부서졌다.

차르르르르!

그렇게 두 마리의 괴물을 막 처리한 순간 부메랑처럼 되돌아와 괴물의 몸에 구멍을 뚫었던 비늘들이 개마무사의 몸에 달라붙었다.

비늘이 달라붙는 순간 어느새 회복된 두 마리 괴물의 손톱이 스치고 지나갔다.

카카카카카카카캉!

비늘 위로 검붉은 불꽃이 피워났다. 오러 블레이드를 상회하는 강한 예기를 가진 손톱들이 찰갑의 비늘들을 가르지 못한 것이다.

슈슈슈슝!

파파파파팍!

찰갑으로 인해 공격이 실패한 괴물들을 향해 비늘들이 다시 날아올랐고, 몸에 구멍이 뚫렸다.

푹! 서걱!

서걱! 푹!

찰나간의 틈이 생기자 등을 맞댄 개마무사들이 회전을 하며 괴물들을 공격했다.

하나가 심장에 검을 꽂으면 다른 하나는 반대편에서 머리를 잘랐고, 다시 회전하며 이번에는 위치를 바꾸어 머리를 자르고 심장에 검을 꽂았다.

다시 손을 뻗자 녹색의 불길이 솟아올랐고 괴물들이 재만 남긴 채 소멸되었다.

그렇게 결계 안으로 진입한 개마무사들은 깨끗한 연수합격을 통해 한 마리씩 괴물들을 깨끗하게 처리했다.

'지시한 대로 꽤나 화려하군. 이크, 놈들이 움직인다.'

아주 빠르게 괴물들이 정리되자 정신감응으로 전투를 지켜보고 있던 각성자들이 일제히 움직이기 시작했다.

'이미 늦었다.'

각성자들이 나타났지만 자신들과 동화된 괴물들이 순식간에 죽어나가는 것을 저지할 수는 없었다. 이미 마지막 괴물이 소멸되어 먼지처럼 부서지고 있었다.

"다 박살내라!!"

고함이 커지고 각성자들이 공격을 시작했다. 개마무사들은 곧바로 진형을 바꾸어 각성자들을 상대했다.

개마무사 50기면 각성자를 중심으로 뭉친 괴물들이라고 해도 충분히 상대할 수 있었다. 더군다나 각성자들과 동화된 괴물들이 전부 전멸한 상황이라 처음 기세와는 달리 개마무사들에게 밀리고 있었다.

'이 정도면 된 것 같군.'

개마무사 50기가 진형을 이루며 각성자들을 상대하는 사이 미지의 에너지를 뚫고 정신을 집중했다.

갱도 입구에 대한 기억을 가지고 있었기에 이미지를 구체화하는 것은 아주 쉬웠다.

공간에 대한 이미지가 구체화되자 곧바로 에테르의 원천이 만든 공간이 갱도 입구에 공명하듯 생겨났다.

'개마무사들의 에테르 에너지가 팽창하기 시작했으니 내 것과 구분하기는 힘들 것이다.'

팟!

곧바로 공간 이동을 한 후 갱도 입구에 결계를 형성한 후 안으로 들어갔다.

수용소 바깥에서 전투가 벌어지고 자신들과 연결된 괴물들이 소멸당한 때문인지 갱도를 지키고 있던 각성자들이 나오고 있는 것이 보였다.

파팟!

갱도를 지키고 있던 각성자는 모두 두 명이었다.

바깥의 상황이 심상치 않아 확인을 하기 위해 나오는 놈들에게 참진팔격 중 거대한 중력이 작용하는 압을 펼쳤다.

우드드드득!

엄청난 압력이 눌러 내린 탓에 각성자들의 어깨뼈가 부서지고 목이 내려앉고 있었다. 심각한 부상을 입었음에도 놈들은 움직임을 멈추지 않았다.

그것도 아주 빠른 속도로 나에게 다가오며 손을 뻗었다. 붉은 빛이 감도 섬광이 두 놈의 손에서 터져 나오며 나를 향해 쏟아졌다.

콰콰콰쾅!

섬광처럼 다가오는 에너지빔을 쳐내고 놈들에게 달라붙었다.

퍼퍽!

콰드드득!

가슴을 뚫고 들어간 내 양손이 놈들의 심장을 터트렸다. 놈들은 내 공격을 막지 못했다.

워낙 빠르기도 했지만 내가 뿜어낸 혈정과 핏빛 번개가 놈들의 움직임을 억제한 탓이었다.

"웃!"

심장을 움켜쥐고 터트리는 순간, 엄청난 기운이 손을 통해 쏟아져 들어왔다.

샴발라에서 나를 공포에 떨게 만든 미지의 에너지다.

'젠장!'

심장이 터지며 솟아오른 에너지가 손을 타고 기어오른다. 어느새 피부 속으로 침투하여 혈관을 타고 빠르게 침투하기 시작했다.

위기의식을 느낀 것인지 심장의 급격하게 뛰고 심장을 쥐어잡은 손을 향해 에테르의 원천을 보냈다. 어깨부터 녹색으로 물들더니 침투해 들어온 에너지를 차단했다.

저지가 되자 정신을 차리고 침투한 기운에 집중했다.

'마치 혼돈스러운 태초와 같다.'

두 명이 지닌 에너지의 크기는 엄청났다. 하지만 여러 가지 것이 섞여 있어 무척이나 잡다했다.

'이 정도면 이들이 가진 격으로는 절대 의지대로 다룰 수 없었을 것이다.'

인간의 피와 공포를 제물로 삼아 만들어진 혈정이 외계의 에너지와 융화되지 않고 있었다. 내가 가지고 있는 것과는 달리 전혀 통제가 되지 않았던 것이 분명했다.

'밀고 밀리는 상태가 지속되면 위험할 수도 있다. 방법이 없는 것은 아니지만……'

그린 하트에서 흘러나온 에테르의 원천이 혼돈스러운 에너지를 압도하지 못하는 상황이다. 자칫 내 근원이 손상될 수도 있기에 결단을 내려야 했다.

— 젠, 원천을 컨트롤해.

— 마, 마스터!

— 급해!!

— 예, 마스터.

에테르의 원천을 젠에게 맡기고 의지를 다해 혈정과 핏빛 번 개를 떠올렸다.

파츠츠츠츠츠!!

녹색으로 변해 버린 손에서 붉은 기운이 어리며 핏빛 번개가 튀어나왔다.

"크으."

발현이 되기는 했지만 자석에 끌려가는 쇳가루처럼 혼돈스러 운 에너지에 끌려가려는 것을 억지로 붙잡았다.

'이 상태로는 힘들다. 두 가지를 합쳐야 한다.'

혈정과 뇌전을 합쳐야 한다는 생각이 본능적으로 들었다. 내 생각에 이끌리기라도 한 듯 본질은 같지만 형태가 다른 두 기운 이 합쳐지기 시작했다.

잠시 뒤, 혈정은 사라지고 핏빛 뇌전만 남았다. 전보다 더 선 명한 진홍의 뇌전이 말이다.

'너의 이름은 지금부터 혈뇌정이다.'

합치는 것만이 아니라 이름을 부여했다. 내 의지를 담아 존재 의 의미를 부여한 것이다.

쿠아아아아아!

혈뇌정에서 폭음과 같은 울음소리가 터져 나왔다.

'여긴?'

어느새 시야가 바뀌었다. 내가 머물고 있는 곳은 알 수 없는 미지의 공간이었다.

미지의 공간에는 붉은 구체가 붉은 뇌전을 뿌리며 떠 있었다. 내 의지와 연결이 된 것을 보면 혈뇌정이 분명했다.

'저것은 미지의 에너지다.'

혈뇌정의 앞에는 검은색의 기운이 꿈틀거리고 있었다. 혼돈 스러운 미지의 에너지가 분명했다.

붉은 구체의 모양이 변하기 시작했다. 붉은 뇌전의 줄기가 사 방으로 퍼지며 뭔가를 형상화 했다.

그것은 거대한 새였다.

'으음, 저건!'

언젠가 본 적이 있는 새였다.

매영의 수련을 받았던 공간의 천정에 양각되어 있던 거대한 부조의 형상!

그것은 바로 삼족오였다.

'저놈도 탈태를 하는 건가?'

변한 것은 혈뇌정만이 아니었다. 그린 하트의 원천과 맞서던 혼돈의 에너지도 모습을 바꿨다.

그것은 용이었다.

카아아아!

묵색의 번들거리는 비늘을 온몸으로 감싸 안은 묵룡이 괴성 을 토해냈다.

검은색으로 채색된 부조와는 달리 붉은 뇌전을 온몸으로 뿌리는 진홍의 삼족오가 부리를 벌렸다.

콰지지지지직!

콰콰쾅!!

부리에서 토해진 거대한 붉은 뇌전이 혼돈스러운 기운을 강
타했다.

선홍색으로 물든 세 다리가 꿈틀거리는 묵룡의 머리와 목, 그
리고 몸통을 움켜잡았다.

날카로운 발톱이 파고들며 붉은 뇌전이 묵룡의 몸을 따라 흘
렀다.

파츠츠츠츠츠!

카아아…….

비명과도 같은 신음이 묵룡의 입에서 흘러나왔다. 혈뇌정은
그것으로 공격을 그치지 않았다. 붉은 뇌전이 흐르는 날카로운
부리로 묵룡의 모리를 쪼았다.

그냥 쪼기만 한 것이 아니었다. 묵룡의 살점이 움푹움푹 뜯겨
져 나가 혈뇌정의 입속으로 들어갔다.

'크으…….'

심장에 격통이 일었다. 엄청난 에너지가 정화되며 혈뇌정에
흡수되고 있었기 때문이다.

— *마스터!*

— *젠, 놈과 계속 맞서!*

사념이 들려오자마자 묵룡이 꿈틀거리며 벗어나려했기에 젠

을 재촉했다.

젠은 재촉한 이유는 다른 것이 아니었다. 뜯겨져 나간 묵룡의 상처 위로 녹색의 기운이 어리더니 다시 살점이 차오르기 시작했기 때문이었다.

혈뇌정은 계속해서 묵룡을 쪼아 먹었다. 그 위로 다시 녹색의 광채를 발하는 살점이 차올랐고, 검은 부분이 완전히 사라질 때까지 계속 이어졌다.

고통으로 인해 심장이 터질 것 같았지만 묵룡의 모습의 완전히 녹색으로 변할 때까지 참자 고통이 사라졌다.

고통이 끝남과 동시에 시야가 돌아왔다. 녹색으로 물들어 있던 손은 어느새 정상으로 돌아와 있었고, 에테르의 원천과 맞서던 혼돈의 기운 또한 사라지고 없었다.

— 괜찮으십니까?

— 죽겠다, 젠!

— 한순간이지만 마스터와의 연결이 끊어져서 놀랐습니다.

— 연결이 끊어지다니 무슨 말이지?

— 마스터와 연결이 다시 되기 전까지 완전히 끊어졌었습니다.

— 그랬었군. 아마도 아무것도 인연이 닿지 않은 허무의 공간 같은 곳으로 들어갔었던 것 같군.

— 허무의 공간이요?

— 스승님의 유산에 기록되어 있는 곳이야. 오롯이 홀로 선 존

재도 없는 완벽한 무의 공간이라고 기록되어 있었어. 신조차 접근할 수 없는 태초의 영역이라 아마도 연결이 끊어진 모양이야.

― 그런 공간이 존재하다니 놀라운 일입니다. 혹시 스승님께서 남기신 유산에 제가 접근해도 되겠습니까?

― 미안해, 젠. 스승님의 유언으로 나만 알아야 하는 것이야.

― 알겠습니다, 마스터!

모든 것을 다 열어 두었지만 스승님이 남기신 유산만큼은 그렇게 하지 않았다. 젠에게 말한 대로 스승님의 유언 때문이다.

'젠, 서운하겠지만 어쩔 수 없는 일이다.'

사실 나로서도 어쩔 수가 없다. 젠이라 할지라도 허락을 해봐야 접근할 수 없으니 말이다.

'도대체 어떤 분이신지…….'

새삼 스승님의 정체가 궁금하다.

마나 마스터였다가 인과율 시스템과 하나가 된 젠조차 접근할 수 없게 나에게 인식을 시켜 놓다니 말이다.

'알아차린 모양이군.'

갱도에 이상이 생긴 것을 느낀 것인지 각성자들이 돌아오고 있다.

수용소에 있는 각성자들의 진짜 임무는 아마도 게이트가 있는 갱도를 지키는 것이었을 것이다. 자신들의 동료가 죽었다는 것을 깨닫고는 곧바로 전장에서 몸을 빼 달려오고 있는 것이다.

― 어서 들어가야 할 것 같다, 젠.

─ 예, 마스터. 아주 미친 듯이 오고 있는 것 같으니 서둘러
야 할 것 같습니다.

─ 아마도 각성자들끼리 정신감응이 어느 정도 이루어지는
것 같다. 두 각성자가 소멸하자마자 곧바로 퇴각해 갱도 쪽으로
오는 것을 보면 말이다.

─ 앞으로 벌어질 전투에 참고하겠습니다.

─ 들어가자.

싸워도 질 것 같지는 않지만 지금 급한 것은 게이트를 열고
들어가는 것이다.

입구에 쳐둔 결계가 시간을 벌어주는 동안 서둘러야 한다. 게
이트의 연결 고리를 끊고 들어가려면 시간이 좀 필요하니 말이다.

빠른 속도로 공간을 이동해 나갔다. 중간 중간에 공간 이동을
멈췄다. 미지의 에너지 속에서 희미하게 에테르가 분출되는 곳
들이었다.

─ 여기도 아닌 것 같다.

─ 이제 남은 것은 한 곳뿐입니다.

─ 가자. 시간이 얼마 없는 것 같으니.

지금까지 에테르가 분출되는 여섯 군데를 살폈지만 진짜 게
이트가 아니었다.

갱도 입구에 설치된 결계가 놈들에게 무너지고 있었다. 진짜
게이트가 있는 것으로 보이는 마지막 장소로 올 것 같으니 서둘
러야 했다.

— 으음, 여기도 아닌 것 같다.

다시 공간 이동을 해 마지막 장소에 도착했지만 실망할 수밖에 없었다. 진짜 게이트가 아니었던 것이다.

에테르가 분출되는 여덟 곳 중 진짜 게이트가 없다는 사실에 가슴이 무거웠다.

— 조금 있으면 놈들이 도착합니다.

— 어딘가에 진짜 게이트가 있을 거다. 찾으려면 우선 놈들부터 상대를 해야겠군.

— 위험합니다, 마스터!

— 어차피 싹 없애버려야 할 놈들이다, 젠.

— 그렇지만…….

— 이미 도착한 것 같으니 시작한다.

각성자들이 뒤쪽에 나타났다.

고민할 사이도 없이 놈들을 향해 쇄도했다. 진짜 게이트를 찾을 수 없었던 것 때문인지 조금 화가 났던 모양이다.

그린 하트에서 나오는 에테르의 원천이 아니라 붉은 뇌전이 전신에서 흘러나오는 것을 보니 말이다.

파츠츠츠츠츠!

참진팔격이 연이어 펼쳐졌다.

지르고, 자르고, 뭉개버리는 강력한 기운이 손발의 움직임을 따라 혈뇌전이 되어 각성자들을 덮쳤다.

50기라는 숫자로 인해 개마무사들에게 밀리기는 했지만 역시 각성자들이었다.

놈들의 몸에서도 붉은 기운이 흘러나와 내가 쏘아낸 혈뇌전을 곧바로 튕겨냈다.

콰콰콰콰쾅!

튕겨진 혈뇌전이 갱도를 강타했고, 암석들이 박살이 나며 부서져 나갔다.

'모두 소멸시킨다.'

갱도가 무너질 수도 있지만 상관하지 않고 연이어 공격을 퍼부었다.

처음 펼친 삼격을 응용해 누르고(壓), 띄우고(浮), 휘돌고(旋) 묶고(結), 부수는(散) 참진팔격의 후오식을 펼쳤다.

'놈들의 몸에 담긴 기운이 거세졌다.'

첫 번째 보다 더욱 강한 공격이었음에도 버텨내고 있었다. 처음처럼 튕겨내기 보다는 마치 흡수하려는 것처럼 보였다.

더군다나 위험해 보이는 반격까지 하기 시작했다.

— 마스터, 놈들이 가진 에너지가 점점 더 강해지고 있습니다.

— 젠장, 그런 것 같다. 이런 식의 공격은 놈들을 도와주는 것이나 마찬가지다.

내가 펼치고 있는 공격에 담긴 혈뇌전으로 인해 놈들의 심장에 담긴 잡다한 에너지들이 정화되는 것을 알 수 있었다. 젠도 그것을 느낀 모양이다.

'이럴 때가 아니다.'

화를 가라앉히고 순식간에 기운을 교체했다. 그린 하트에서 흘러나오는 에테르의 원천이 전신에 흐르기 시작했다.

퍼퍼퍼퍼퍽!

쓰고 있는 에너지를 교체하자 놈들에게서 느껴지는 기세가 현저하게 줄어들었다. 심장에 가득한 미지의 에너지가 내가 놈들을 가격할 때마다 접촉한 면을 통해 내 안으로 들어오고 있었기 때문이다.

— 젠, 놈들이 도망치지 못하도록 결계를 형성하도록 해.

— 예, 마스터.

심상치 않음을 느끼고 도주하려는 것 같기에 젠으로 하여금 결계를 치도록 했다.

갱도 입구에 설치한 것과는 달리 에테르의 원천을 사용할 것이라 주변이 녹색의 광채로 물들었다.

"응?"

결계가 완성되자마자 놈들이 공격을 멈췄다. 핏빛 광채를 발하던 눈은 흰자위만 가득했고, 연신 몸을 떨어 댔다.

— 젠, 왜 저러는 것 같아?

— 아마도 마스터의 원천이 저들이 가진 에너지를 직접 자극하는 것 같습니다.

— 기회군.

때를 놓치지 않고 놈들의 심장을 향해 손을 휘둘렀다.

에테르의 원천이 가득 담긴 녹색의 손칼이 놈들의 가슴을 파고들어 심장을 찔렀다.

십여 명에 달했지만 놈들의 심장을 박살내는 데는 찰나의 시간만 걸렸을 뿐이었다.

— *마스터, 놈들의 심장에 있던 에너지가 빠르게 폭주하기 시작했습니다.*

— *이런!!*

혹시나 미지의 에너지가 내 몸을 타고 들어오는 것을 경계해 에테르의 원천에 둘렀다. 갱도 안에 처음 각성자들을 죽였을 때 일어났던 현상은 없었지만 심각한 문제가 발생했다.

— *젠, 저놈들이 가진고 있는 에너지가 폭발하면 큰일이니 결계를 강화해.*

잡다한 것이 가득한 혼돈스러운 에너지가 폭주해 폭발한다면 이곳에 고착된 진짜 게이트까지 날아갈 수 있는 상황이라 젠에게 지시를 내렸다.

결계의 힘이 강화되자 녹색 광채가 더욱 진해졌다.

— *마스터, 갱도가 이상합니다.*

— *나도 알아.*

젠이 알려오기 전에 나도 보고 있었다. 폭주를 막기 위해 결계를 강화했는데 이상한 현상이 발생했다.

온통 검은색의 암석으로 가득했던 갱도가 변하고 있었다. 죽어 버린 각성자들의 상처에서 폭주한 미지의 에너지가 갱도의 벽을 형성하는 암석들에 닿자 결정과 같은 형태로 변하고 있었던 것이다.

'저건 내가 수용소장의 비밀 금고에서 얻었던 녹정과 같은 것이다.'

내 주변에 있는 암석들이 빠르게 녹색으로 물들며 각성자들의 심장에서 폭주하던 에너지를 흡수하고 있었다.

'또 변화하고 있다.'

변화는 하나뿐이 아니었다. 조금 지나자 내 심장에서 흘러나오는 에테르의 원천과 같은 기운을 흘리기 시작했다.

'도대체 여기는……'

정말 알 수 없는 곳이었다.

― 젠, 주변을 파악해 봐. 그리고 나와 실시간으로 연결을 해.

― 예, 마스터.

젠이 주변을 감지하도록 한 후 내 의지와 연결되게 했다.

'역시.'

결정들이 생성되는 것은 내 주변만이 아니었다. 내가 이동한 공간들을 따라 녹정들이 생성되고 있었다.

처음에는 천천히 생성되는 것 같더니 시간이 조금 지나자 원래의 모습을 찾는 듯 한꺼번에 변해 버렸다.

'에테르가 분출되는 곳은 모두 변했다. 응?'

갱도로 들어온 후 지금까지 들렀던 곳들과 지금 내가 있는 곳까지 연결을 하자 익숙한 모양이 생성되었다.

― 북두칠성인가?

― 모양이 완전히 같습니다. 마스터.

― 그렇다면 좌보성과 우필성이다, 젠.

― 찾아보겠습니다.

북두칠성이 나타나는 천문도를 보면 좌우에 희미하게 빛나는 별들이 있다. 바로 좌보성과 우필성이다. 그래서 북두구성이라고도 한다.

내가 알고 있는 것과 같은 형태라면 에테르가 분출되는 곳이 두 곳이 더 있다는 뜻이다. 나와 젠의 감각으로도 느낄 수 없을 정도로 희미하게 분출되고 있을 것이다.

― 갱도가 만들어지지 않은 지반 속에 존재하는 것 같습니다, 마스터.

― 진짜 있었군.

― 여기처럼 그곳도 결정화된 것 같습니다. 광맥이 연결되듯 암석을 따라 지반 깊숙이 손가락 굵기의 결정맥이 존재합니다. 그렇지 않았다면 찾아내지 못했을 겁니다, 마스터.

― 어느 쪽이 진짜 게이트인 건지 확인이 돼?

― 결계 같은 것이 형성되어 있어 제 능력으로는 불가능할 것 같습니다.

젠의 감각을 막을 수 있다니 놀라운 일이다. 게이트의 진위 여부는 젠이 판단할 수 없으니 내가 해야 할 것 같다.

제4장

젠의 사념이 조금은 침울한 것도 이해가 된다.

샴발라도 그렇고, 허무의 공간에 있을 때 나와 연결이 끊어진 데 이어 파악하지 못하는 공간이 또 생겼으니 말이다.

무시무시한 능력을 지닌 젠도 파악할 수 없는 결계라니 의외라는 생각도 들고 말이다.

─ 내가 해볼 테니 이상이 있으면 곧바로 알려 줘.

─ 예, 마스터.

좌측으로 가서 좌보성과 연결된 결정맥이 있는 곳에 조심스럽게 손을 댔다.

'으음, 된다.'

생각대로 광맥을 따라 내 의지가 흘러들어 간다. 녹정이 의지를 반영할 수 있는 것은 예전부터 알았지만 전해지는 속도가 남다르다.

결계가 있는 곳까지 그야말로 한순간에 닿았다.

'젠의 말대로 결계가 있군. 그것도 허무의 공간을 형성하는 결계가……'

허무의 공간을 형성한다면 젠도 뚫을 수 없을 것이다. 모든 인식을 거부하는 곳이니 말이다.

젠과는 달리 한번 들어갔던 곳이라서 그런지 허무의 공간을 손쉽게 통과해 좌보성으로 보이는 곳을 찾을 수 있었다.

1미터 정도의 크기의 결정체가 뭉쳐 있었는데, 내가 찾고 있는 진짜 게이트는 보이지 않고 익숙한 기운이 흘러나오고 있었다.

'으음, 이곳도 게이트이기는 하지만 내가 찾는 곳이 아닌 것은 분명하다.'

아주 어릴 때였지만 그 느낌은 여전히 생생하다. 처음 나타났을 때 선명하게 각인된 기억도 그렇고, 어머니가 내던지듯 나를 아저씨들에게 건넬 때 느꼈던 기억도 잊을 수 없다.

게이트가 분명하기는 했지만 부모님과 할아버지가 끌려 들어간 곳은 아니었다.

'하지만 게이트이기도 하다.'

내가 찾던 것은 아니지만 게이트인 것은 분명하다.

지하의 호수에서 게이트의 주인이 되어 연결된 세계로 향했을 때 느꼈던 것들이 강하게 느껴지니 말이다.

'궁금하기는 하지만 아직은 아니다.'

친숙한 기운이 느껴져 들어가 보고 싶은 욕구가 강하게 치밀었지만 의지를 단절시켰다.

― 찾으셨습니까?

또 다시 허무의 공간을 지나 온 터라 젠과의 연결이 끊겨졌었기에 젠이 궁금한 듯 묻는다.

― 여기도 아니었어. 젠.

― 다른 곳도 조사해 보십시오.

― 알았어.

우측으로 가서 우필성과 연결된 결정맥에 손을 얹었다.

중간 과정은 동일했다. 아주 빠르게 내 의지가 허무의 공간에 도달했고, 곧바로 우필성과 연결이 됐다.

'크흐흑, 찾았다.'

그때 느꼈던 느낌을 고스란히 느꼈기에 감정이 복받친다.

드디어 아버지, 어머니, 그리고 할아버지를 삼켜 버린 진짜 게이트를 찾은 것이다.

'이번에는 반드시 찾아낸다.'

회귀 전에는 이곳으로 돌아올 수 없었다. 실험체로 사용되다 끝내 죽음을 맞이했으니.

이제 전과는 다르다. 지니고 있는 능력도 다르고, 게이트를 찾아내기까지 했다.

젠과 연락을 하고 싶지만 허무의 공간이 가로막고 있어 그럴 수가 없다.

되돌아 나가 젠과 상의를 해보고도 싶지만, 이런 기회가 또다시 찾아 올 수 없을 지도 모른다는 불안감 때문에 들어가 보고 싶다.

'일단 들어가 본다.'

단절이 된 곳이라 어차피 젠이 해줄 수 있는 역할은 없는 상황이라 들어가 보기로 했다.

바깥에 있는 내 몸은 젠이 보호하고 있을 것이고, 의지만 들어가는 것이라 문제도 없을 것 같았다.

뭔가에 빨려 들어가는 것처럼 내 의지가 공간을 뛰어넘은 어딘가에 당도했다.

'어둡다.'

게이트를 넘어오니 모든 것이 어둠에 휩싸여 있는 공간이다. 광명을 기다리는 암흑처럼 온통 어둠뿐이다.

지니고 있는 의지로 인해 어디서든지 권능을 발휘할 수 있는데도 보이지 않는다.

'권능으로 눈을 밝혔는데도 보이지 않는다면 특별한 힘이 작용하고 있다는 건데…….'

단방향 게이트는 이면 조직들에게도 공포의 대상이었다. 들어가게 되면 절대 현실로 돌아올 수 없었기 때문이다.

아마도 이 특별한 어둠이 현실 세계로 돌아가는 막고 있는 것 같다.

'일단 더 진입을 해보자.'

어둠뿐이라 어떤 공간인지 알 수는 없지만 느낌은 있다. 나를 이끄는 이 느낌 끝에 뭔가 있다는 확신을 가졌기에 조심스럽게 의지를 이동시켰다.

'이거 참!'

이동을 하는 동안 내 의지에 뭔가 달라붙기 시작했다. 그런데 달라붙은 것들이 아주 재미있는 현상을 일으키고 있었다.

의지를 둘러싼 머리가 생겨나고, 뒤이어 몸통이 만들어졌다. 마지막으로 손과 발까지!

내 의지를 기반으로 움직이는 인간의 형태가 갖춰지기까지는 그야말로 순식간이었다.

'새로운 세계에 적응하기 위한 과정을 통해 나에게 맞는 육체가 만들어진 건가?'

순식간에 일어난 일이지만 모든 것이 느껴졌다.

젠이 만든 세계에서 생명이 창조된 후 진화를 거쳐 휴먼이 되기까지의 과정을 단번에 압축시킨 일이 나에게 일어났다.

이 세계에 맞춰진 육체가 만들어졌기에 확인을 할 수 있지 않을까 하는 생각이 들었지만 주변은 여전히 암흑으로 둘러싸여 있었다.

'그나저나 이런 상태라면 조금 곤란한데, 빛이 있었으면 좋

겠군. 이런!'

문득 떠오른 생각일 뿐이었는데 변화가 일어났다.

암흑 같은 어둠이 점점 옅어지더니 주변이 눈에 들어오기 시작했다.

그야말로 빛이 생겨났다. 푸른 기운이 넘치는 창공 위로 거대한 태양이 자리 잡고 빛을 온 세상에 뿌리고 있었다.

하늘 아래의 세상도 마찬가지다.

드넓은 초원과 멀리 보이는 산맥, 그리고 자연에서 뛰노는 온갖 동물들까지!

조금 전까지 온통 암흑뿐이었다고는 믿을 수 없게 새로운 세상이 눈앞에 나타났다.

'원래부터 자리하고 있었던 건가? 아니면 내 의지에 반응해 나타난 건지도 모르겠군. 어쨌든 이곳이 미지의 에너지를 기반으로 움직이는 세상인 것은 분명하다.'

조금 전까지 전혀 느껴지지 않았던 세상이었다. 어떻게 된 것인지 전혀 알 수가 없는 상황이지만 단 하나 분명한 것은 에테르를 기반으로 하는 현실과는 달리 이곳은 미지의 에너지를 기반으로 만들어진 세상이라는 것이다.

두근! 두근!

미지의 에너지를 떠올리자 기뻐하는 것처럼 심장이 급격히 두근거린다.

쏴아아아아아아!

미지의 에너지가 내 몸 안으로 밀려든다. 피부 속을 파고든 에너지는 혈관을 따라 빠르게 심장으로 모여들었다.

'크으, 이건 녹정을 얻었을 때와 같군.'

밀려드는 미지의 에너지로 인해 심장이 변하고 있었다.

파츠츠츠츠!

심장이 변하기 시작하며 혈뇌정과 꼭 닮은 뇌전을 흩뿌리기 시작했다.

눈을 감고 심장에 집중했다.

갱도 안에서 두 명의 각성자를 소멸시킬 때 흘러들어온 기운을 집어삼킨 것처럼 변화된 심장이 밀려들어오는 기운을 게걸스럽게 집어삼키고 있었다.

'해가 될 것 같지는 않으니까 지켜보자.'

한동안 심장의 탐욕을 지켜봐야만 했다. 그러다가 끝없이 밀려들어오는 기운이 어느 정도 소강상태를 이루자 심장의 변화가 다시 시작되었다.

심장에서 이어진 혈맥들이 같은 모습으로 변화하기 시작한 것이다.

심장에서 시작된 변화가 혈맥으로 이어지고, 뼈대와 근육을 변화시키고 있었다.

'평범한 육체에서 능력자로 탈바꿈시키는 건가?'

미지의 에너지를 극도로 활용할 수 있는 육체가 만들어지는 것을 느끼며, 회귀 전의 기억이 떠올랐다.

신체를 개조해 능력자를 양성하는 비밀 연구소의 실험과 비슷했기 때문이다. 그때와는 달리 각종 장치를 사용하지 않는 다는 것만 다를 뿐이었다.

　'비밀 연구소에서 진행된 신체 개조 실험에는 오류로 인해 수도 없는 실험체가 죽어나갔었지.'

　능력을 부여하는 신체 개조가 성공할 확률은 0.1퍼센트도 되지 않는다. 1,000명이 동원되면 1명이 성공할까 말까다.

　그것은 의지와 개조된 신체의 부조화로 인한 오류 때문이었다. 영혼과 의지라는 일종의 OS와 개조된 신체가 맞지 않았던 것이다.

　영혼과 의지는 초월자도 인지할 수 없는 영역의 신비를 간직하고 있기에 대부분 실패할 수밖에 없었던 것이다.

　그렇지만 간혹 개조된 신체가 영혼과 의지와 맞아 떨어지는 경우가 있는데, 나 또한 그런 경우였다.

　'성공을 한 경우도 오류가 아주 없는 것은 아니었다. 제대로 된 능력을 사용할 수 없어 계속 실험체로 남아 있어야 했지. 내가 알기로는 완벽하게 성공한 케이스가 없는 걸로 알고 있는데, 이건 좀 다르군.'

　아주 정교해 오류가 하나도 없게 신체가 변화하고 있다. 초월자도 해내지 못했던 일이 진행되고 있는 것을 보면 창조에 가까운 영역을 주관하는 뭔가가 있는 것이 분명했다.

　'인과율 시스템은 아닌 것 같고. 설마 외계의 주인이 관여기

라도 한 건가?'

갑자기 섬뜩한 생각이 들었다.

에테르를 기반으로 한 세계를 넘어오는 존재들의 최종 보스라고 할 수 있는 이 세계의 창조주가 관여하고 있을 수도 있다는 생각이 말이다.

'이제 끝났나 보군.'

신체의 변화는 끝났고, 단 하나만 빼면 모든 것이 처음으로 돌아와 있었다.

세계의 기반을 무시한 채 의지대로 할 수 있는 힘이 나에게 생겼다는 것을 알 수 있었다.

'이 세계에서 사용할 수 있는 권능이 생겨 버렸군. 어떤 권능인지는 잘 모르겠지만……'

초월자를 넘어 신성이 뿌리내리고, 격을 갖추어 권능이 생겼다는 것을 알았지만 어떤 권능인지는 아직 파악이 되지 않는다.

아마도 내가 이 세계의 기반인 원천 에너지에 대해 잘 모르기 때문인 것 같다.

'어디 이 세계에 대한 알아볼까?'

권능이 생겼다면 기감을 펼칠 수도 있지 않을까 하는 생각이 들었다.

생각이 일자마자 모든 것이 느껴진다.

'내 의지 속에 들어 있던 것들이 세상에 퍼졌기에 발생하는 현상이다.'

생각과 함께 의지 속에 들어와 있던 검은 물체들이 한순간 세상에 퍼졌다는 것을 깨달았다.

그것들이 세상을 보여주고 있는 터라 한순간에 모든 것을 인지할 수 있었던 것이다.

그것만이 아니었다.

세상에 퍼진 검은 물체들은 젠이 만든 세계에서도 그랬듯이 이 세계의 인과율 시스템을 만들어냈다.

'내가 이 세상을 온전하게 만든 건가?'

시야가 돌아오며 어딘가 불완전하다고 있었는데 지금은 그런 불균형이 느껴지지 않는다. 인과율 시스템이 만들어지며 세상이 안정을 되찾은 것이 분명했다.

'그곳으로 가보자.'

팟!

세상을 인지하며 느껴졌던 수많은 기운 중에서 익숙한 것을 느낄 수 있었다. 생각을 하자마자 익숙한 기운이 느껴졌던 곳으로 이동해 왔음을 알 수 있었다.

그곳에는 거대한 도시가 펼쳐져 있었다.

'단반향 게이트를 통해 사라졌던 사람들이 모두 이곳에 있는 모양이구나.'

수많은 생명의 기운이 도시에서 느껴졌다. 거의 1,000만에 가까운 생명체가 도시에서 살고 있었다.

인간으로 보이는 생명체들을 확인한 후 주위를 둘러봤다. 도시의 모습이 내게 익숙한 곳이라는 것을 알려주고 있었다.

회귀 전에 비밀 연구소의 자료실에서 사진으로 보았던 도시의 모습이 펼쳐져 있었다.

'여기는 남산이라는 곳이다.'

내가 서 있는 곳은 대한민국의 수도였던 서울을 한 눈에 볼 수 있는 남산의 전망대였다.

'일단 내려가 보자.'

전망대에는 아무도 없었다. 발걸음을 옮겨 남산을 내려왔다. 그때서야 사람들의 모습이 나타났다.

도시의 모습과는 다르게 갑옷을 입고 병기를 들고 다니는 사람들의 모습이 낯설면서도 상당히 반가웠다.

'일단 익숙한 기운이 있는 곳으로 가자.'

공간을 이동해 오기 전보다 훨씬 명확해진 익숙한 기운을 생각하며 정신을 집중했다.

팟!

또 다시 이동을 한 나는 약간은 허름한 2층 단독주택 앞에 서 있었다.

"후우!"

아주 어렸을 때 느꼈던 익숙한 기운이 주택에서 흘러나오고 있었다. 회귀한 후에 무던히도 기억하려고 애썼던 부모님과 할아버지의 기운이었다.

지잉!

집 앞으로 가서 초인종을 눌렀다.

— 누구세요?

인터폰을 타고 흘러나온 목소리에 가슴이 떨린다.

"박차훈이라고 합니다."

— 네?

"어머님 아들인 박차훈이 지금에서야 게이트를 넘어 찾아왔습니다."

— 아아!! 털썩!

"어머니!!"

인터폰 너머로 쓰러지는 소리가 났기에 놀라지 않을 수 없었다. 실례가 되겠지만 어쩔 수 없이 공간을 넘어섰다.

인터폰의 수화기를 든 채 쭈그려 앉아 말없이 눈물을 흘리시는 어머니의 모습이 보였다.

'어, 어머니.'

조금 나이가 든 모습이었지만 아저씨들에게 나를 던지며 사라져 버렸던 어머니의 얼굴에서 세월의 흔적을 느낄 수 있었다.

"저에요. 어머니."

"어, 어떻게!"

내 목소리에 정신을 차리시기는 했지만 믿을 수 없다는 듯 연신 고개를 흔드신다.

불안한 듯 연신 눈빛이 흔들리는 어머니와 눈을 맞춘 후 손을 잡아 내 가슴에 올려놓았다.

"느껴보세요."

심장이 박동을 하며 할아버지에게서 어머니로, 그리고 나에게 이어진 기운을 발산했다.

"아아아! 흐흐흐흑!"

심장이 박동하며 발산하는 기운을 느끼신 어머니가 이제는 흐느껴 우신다.

"흐흐흐흑, 차훈아!!"

어머니가 나를 껴안으시더니 대성통곡을 하신다.

'그래요. 우세요. 속이 시원해지도록…….'

말없이 어머니의 등을 쓰다듬어 주었다.

사냥을 끝마치고 집으로 돌아가는 준호는 발걸음이 무거웠다. 한동안 몬스터들이 잘 나타나지 않아 먼 거리로 원정을 떠났지만 수확이 없었기 때문이었다.

'이제 이곳에 온 지도 15년이 넘어가는데, 점점 더 살기 어려워지고 있으니 걱정이다.'

갱도 안에서 게이트를 통해 끌려들어 온 지도 오랜 세월이 지났다.

대한민국과 비슷하면서도 다른 세상에 들어온 후 제일 놀랐던 것은 사라졌다고 알려진 군대가 이곳에 있다는 것이었다.

서울을 빼다 박은 도시는 오래 전에 사라진 군대가 임시정부를 수립해 관리하고 있었던 것이다.

군인들보다 늦게 게이트로 넘어 오게 된 사람들은 군대의 통제하에 조사를 받았고, 거주지가 배정이 되었다.

대한민국이 멸망하기 전에 서울에 거주하고 있던 사람들은 본래 자신이 살던 곳에 배정이 되었고, 그렇지 않은 사람들은 아파트 같은 곳에 집단으로 배정이 되었다.

아버지를 비롯한 자신의 가족은 일반인으로 분류된 후 도시 중심에 거주지가 배정이 되었고, 원래 살던 집으로 들어가게 되었다.

'서울에 도착한 후 그냥 전과 똑같이 살아가면 되는 줄 알았는데…….'

어느 정도 시간이 지난 후 이곳이 서울이 아니라 새로운 세계라는 것을 알게 되었다. 새롭게 넘어오게 된 사람들을 교육시키는 정훈장교에 의해서였다.

정훈장교의 설명에 의하면 이곳은 다른 세계이며, 서울과 판박이처럼 닮은 도시 국가였다.

너무 똑같았기에 도시의 이름은 서울이었다.

더욱 놀라운 것은 나머지는 완전히 다르다는 것이었다. 행정 구역상 서울이라는 공간만 꼭 같았고 나머지는 완전히 다른 곳이었다.

서울의 외곽에는 거대한 방벽이 세워져 있었고, 바깥은 몬스터와 괴물들이 활보하는 세상이라는 정훈장교의 말을 다들 반신반의했다.

그렇지만 얼마 지나지 않아 사실이라는 것을 깨달을 수 있었다. 정훈장교의 인솔하에 도시 방벽을 직접 돌아볼 수 있었기 때문이었다.

그렇게 열흘간의 적응 기간이 끝난 후 서울에서 생활하게 된 사람들에게 몇 가지 규칙이 알려졌다.

구별로 이동에 제한이 있으며, 식량 같은 생활필수품을 배급받기 위해서는 일을 해야 한다는 것이었다.

그런데 일이라는 것이 보통이 아니었다. 외곽을 둘러싸고 있는 방벽 밖으로 나가 몬스터를 사냥하고, 마정석을 채취해 정부에 내는 것이었다.

방벽 위에서 바라본 다른 세상의 몬스터들은 무척이나 흉측하고 무서웠기에 다들 꺼려했지만 반드시 사냥에 나서야만 했다. 그렇게 하지 않으면 식량이나 생활필수품을 주지 않았기 때문이었다.

그나마 다행인 것은 석 달 정도의 훈련을 거친 후 사냥에 투입된다는 것이었는데, 그마저도 쉬운 일이 아니었다.

'처음에는 총이라도 쥐여 줄 줄 알았는데, 칼이라니 무척이나 놀랐지.'

몬스터 사냥을 위해 총을 쏘는 것 같은 훈련을 하는 것이 아니라, 칼이나 도, 창 같은 조선 시대에 쓰였을 것 같은 병기를 사용하는 무예 훈련이었기 때문이다.

총을 왜 사용하지 않느냐는 질문에 정훈장교는 몬스터는 총알이 통하지 않는다고 했다.

믿지 않는 사람들에게 사로잡은 몬스터를 이용해 시범을 보여 준 후 사람들은 총이 통하지 않는다는 것을 깨닫고는 무예 훈련에 참여를 해야만 했다.

남녀노소를 불문하고 모두가 필수적으로 해야 했기에 상훈의 가족도 모두 참여해 무예 훈련을 받았다. 그리고 훈련이 끝난 후 사냥에 참여해야 했다.

'그때부터 지금까지 아버지 말씀대로 해왔는데 도대체 알려주시지를 않으니…….'

마정석을 많이 얻을수록 보상이 컸지만 상훈의 지시를 받은 준호는 적극적으로 사냥에 참여할 수 없었다. 아버지의 엄한 지시에 내부에 꿈틀거리고 있는 기운을 절대 사용하지 않고 그저 보통 사람만큼 사냥을 했을 뿐이었다. 그것은 아내인 강미소도 마찬가지였다.

내심 불만이었지만 첫 번째 사냥이 끝난 후 집으로 돌아왔을 때 아버지의 의도를 알 수 있었다. 아버지는 참관한 군인들의 눈에 띠고 싶지 않았던 것이다.

그날 아버지는 몰래 챙겨놓은 마정석을 자신과 아내에게 내놓았다.

방벽으로 들어올 때 철저하게 몸을 수색을 했는데 들키지 않고 숨겨서 들어온 것을 보고 무척이나 놀라야 했다.

놀람은 그것으로 그치지 않았다. 아버지는 챙겨온 마정석을 자신과 아내에게 흡수하도록 했다.

'마정석을 흡수하는 것이 일과가 되어버린 것이 아마 그때부터였지.'

그날 아버지로부터 마정석을 흡수하는 법을 배웠다. 입안에 물고 난 후 심법을 운용하면 얼마 지나지 않아 눈이 녹듯이 마정석이 사라지고 없었던 것이다.

그렇게 사냥을 나가면 식량이나 생활필수품을 보급받을 만한 양만 수거해서 군대에 양도하고 모두 숨겨 들어온 후 흡수했다.

자신과 아내가 사냥한 몬스터들의 마정석도 아버지가 챙긴 후 도시 안으로 몰래 들어와 전부 흡수했다.

그날 이후부터 마정석의 흡수는 일과가 되어 버렸다.

아버지가 어떻게 하는 것인지는 모르지만 출입문을 지키고 있는 군대의 철저한 수색을 완벽하게 농락하고 마정석을 숨겨 들여올 수 있어서였다.

마정석을 흡수하면서 실력이 조금씩 늘어났다.

정확하게 말하자면 아버지가 시키는 수련이 궤도에 오르고 마정석으로 내력이 늘어나면서 몬스터 사냥이 점점 더 수월해져갔다.

어느 정도 시간이 지난 후부터는 군대의 감시를 벗어나 독자적으로 사냥을 할 수 있었기에 강한 몬스터를 잡을 수 있었고,

더욱 강해질 수 있었다.

'아버지가 내놓은 마정석이 전부가 아닐 지도 모른다. 군대에 상납금처럼 낸 것과 우리가 흡수한 것보다 훨씬 더 많은 몬스터들을 사냥했으니 말이다.'

마정석이 몬스터에서 전부 나오는 것은 아니자만 대략 50퍼센트 정도는 된다고 들었다.

그렇게 따져보면 지금까지 자신이 알고 있는 마정석의 양은 정말 말이 되지를 않는다.

군대에 낸 것과 흡수한 것을 따지면 50퍼센트로 나온다는 마정석의 확률이 채 10퍼센트도 되지 않았으니 말이다.

'분명히 남는 것들이 있었을 것이고, 아버지는 그것들을 다른 곳에 쓰셨을 것이다. 그리고 쓰실 만한 곳은 그분이 지휘하는 이들의 능력을 상승시키는 것 밖에는 없는데…….'

아버지와 연줄이 닿은 것으로 보이는 장군이 한 명 있었다.

군대가 장악하고 있는 정부와는 노선이 다른 백성준 장군이다. 백성준 장군이 아니면 자신들이 채취한 마정석을 쓰거나 처분할 만한 사람이 없으니 말이다.

'아버지와 백성준 장군이 친하다는 것은 웬만한 사람이면 알고 있는 사실이다. 사찰을 강화하고 있는 정부도 절대 모를 일이 없고. 그렇다면…….'

백성준 장군은 도시 정부를 바꿀 생각을 하고 있었다. 이는 공공연히 알려진 사실로, 마정석을 독점하고 일반 시민들을 용

병 정도로만 생각하는 정부에 초기부터 반발을 한 유일한 군 수뇌부였기 때문이다.

전력에서 한참 밀리는 백성준 장군이 요즘 들어 정부의 태도를 바꾸려고 강성 발언을 연이어 이어가고 있다.

자신이 아는 백성준 장군이라면 그런 발언을 함부로 할 사람이 아니다. 뭔가 획기적인 방법이 있다는 뜻이었다.

'어떤 방법을 쓰던 간에 무력 충돌은 피할 수 없을 것이다. 정부 놈들이 손에 쥔 기득권을 내려놓지 않을 테니까 싸움이 일어난다는 뜻인데……'

일반인들 사이에서 불만이 점점 고조되고 있다. 생활이 전보다 나아지지 않고 피폐해 가는 반면, 마정석의 독점으로 정부가 얻는 이익은 점점 많아지고 있다는 의식이 점점 확산되고 있었기 때문이다.

군인들은 물론이고 일반인들도 이 세계로 오기 전에는 상상도 할 수 없었던 마법과 무공 같은 무력을 보유하게 됐다. 여기에서 불만이 더 고조된다면 일반인과 군인들 사이에 무력 충돌이 불가피한 상황이다.

'어차피 한 번은 겪어야할 일이기도 하고, 나도 정부의 처사가 마음에 들지 않기는 마찬가지다. 백성준 장군과 친한 아버지도 어쩔 수 없이 개입을 하실 것이고, 아무것도 모르는 상태에서 그런 상황을 맞는 것은 싫다.'

민중 봉기든 백성준 장군의 혁명이든 무력 충돌이 일어난다면 중심에 설 것이 분명했다.

'그냥 단도직입적으로 물어보자.'

오랜 고민 끝에 준호는 자신이 생각하고 있는 것이 맞는지 확인을 하기로 했다. 모르고 휩쓸리기보다는 조금이라도 아는 것이 나을 것 같기에 분명하기에 묻지 않을 수 없었다.

"아버지!"

"왜, 그러냐?"

상훈은 아들의 부름에 짐짓 모르는 척 반문을 했다.

"어떻게 하실 거예요?"

"어떻게 하다니?"

"아버지, 진짜."

준호는 모르는 척하는 아버지가 그렇게 얄미울 수가 없었다.

"아직 시기가 아니다."

"그래도 너무하는 거 아닙니까? 놈들은 제 욕심만 차리고 있어요. 어차피 휘말릴 거라면 우리가 주도해야 되는 거 아닙니까?"

"이 세계에 오긴 전에 문민정부를 말살한 것이 군대다. 한일회는 독재자가 죽고 난 후 권력을 잡았던 대통령의 사조직이나 마찬가지였다는 것을 너도 알고 있지 않느냐? 자신들의 기득권을 빼앗기게 된다면 무슨 짓을 저지를지 모르는 놈들이다."

"그래도 너무한 건 너무한 겁니다. 자신들만 강해지려고 도시 밖으로 나가는 것을 제한하다니 말입니다. 더군다나 식량 배급을 전보다 줄이고 있습니다. 어차피 충돌은 일어날 수밖에 없어요."

"한일회가 도시 정부의 수뇌부를 장악하고 있는 이상 아직은 기다려야 할 때다. 그나마 참 군인이 있어 서쪽은 출입이 가능하지 않느냐."

"백성준 장군이 조직한 겨레회가 얼마나 버틸 수 있을 거라고 보십니까?"

"그의 뒤에 우리가 있는 이상 쉽게 밀리지는 않을 거다."

군인들의 수는 대략 50만 명이다. 그중 백성준 장군을 따르는 군인은 4만 여명이다.

일반인들도 패가 갈렸다. 정부에 적극적으로 협조하는 이가 대략 150만 명, 반대하는 이가 200만 명 정도다, 나머지 600여만 명은 자신의 의사를 드러내지 않는 중도다.

반대하는 이들 대부분이 백성준 장군을 지지하지만 중도 세력이 문제다.

자신의 의지를 드러내지 않는 중도 세력은 정부 시스템에 기생하며 살아가는 이들이 대부분이라, 정부가 강하게 나갈 경우 반대 세력이 될 가능성이 많았기에 준호는 아버지의 의견에 찬성할 수 없었다.

"한일회에 소속된 놈들이 점점 더 강해지면 정부에 의지하는 이들의 마음이 확고해질 겁니다. 그렇게 되면 언젠가는 겨레회도 무너지고 말겁니다."

한일회는 정부를 적극적으로 따르는 이들이다. 정부에서는 한일회에 소속되어 있는 민간인들에게 마정석을 제공해 무력을 키우고 있는 중이다. 더군다나 사냥하고 얻은 마정석을 감추고 들어와도 눈을 감아준다는 말까지 돌고 있는 상황이다.

반면 백성준 장군을 따르고 있는 겨레회는 암암리에 불이익을 받고 있다. 마정석에 대한 검사가 더욱 철저해지고, 조금이라도 불만을 토로하면 사냥을 제한하고 있기에 생활이 점점 어려워지는 상황이다.

이 상태라면 겨레회가 무너지는 것은 시간문제였기에 준호는 아버지의 의견에 반발했다.

"후후후, 준호야. 걱정하지 말라고 했지 않느냐?"

'도대체 아버지는······.'

자신의 의견을 간단히 무시하고, 걱정하지 말라는 아버지를 보며 준호는 이해가 가지를 않았다. 그동안 아버지가 보여온 태도를 보면 전혀 걱정을 하는 모습이 아니었기 때문이었다.

"뭘 믿으시고 그런 말씀을 하시는지 모르겠습니다. 아버지."

"준호야, 눈에 보이는 것이 다가 아니다."

"아버지는 언제나 그 말씀뿐이군요."

아버지가 뭔가 감추고 있다는 것을 알고 있지만 돌아오는 대답은 항상 보이는 것이 다가 아니라는 것뿐이었다.

"어서가자. 며늘아기가 기다리겠다. 요즘 들어 더욱 쇠약해진 것 같은데 걱정하지 않게 말이다."

"으음, 알겠습니다."

아버지의 말에 준호는 신음을 삼키며 고개를 떨궜다. 지금 돌아가는 상황보다 아내의 문제가 우선이었기 때문이었다.

'건강해져야 할 텐데, 방법이 없으니……'

지구에 아들을 남겨 놓고 온 후 이곳에 왔을 때 다시 돌아가야 한다며 적극적으로 생활하던 아내였다.

누구보다 앞장서 사냥을 나가고 강해지려고 애를 썼는데 몇 년 전부터 달라졌다.

다시 돌아갈 수 없다는 사실을 알고부터였다.

아버지 덕분에 강한 무력을 보유하고 있게 된 아내였지만 마음의 병은 참으로 무서웠다.

아들을 그리워하더니 점점 시들어 갔고, 급기야 5년 전부터는 아예 집에 칩거한 채 사냥도 하러 나가지 못할 정도로 피폐해졌다.

못난 자신에게 시집을 온 후 잘 해준 것이 없었기에 준호의 마음은 답답해져 갔다.

'후우, 집마저도 쓸쓸해 보이니……'

안주인이 마음의 병을 가진 탓인지 눈앞에 보이는 자신의 집도 병이 든 것처럼 보였다. 집주인이 이 세계로 넘어오지 않아 자신들만 살게 된 곳이었지만 냉기가 흐르는 것 같았다.

"뭐하고 있냐. 어서 들어가자."

"예."

멍하니 서서 집을 바라보는 자신을 재촉하는 아버지의 말에 준호는 열쇠를 꽂고 대문을 열었다.

'뭐지?'

현관문을 열고 안으로 들어가자 여느 때와는 달랐다. 아주 오래전에 맡아 보았던 맛있는 냄새가 집안에 가득했다.

"하하하, 아가가 음식을 하는 모양이구나."

"하하, 그런 것 같네요."

방 안에만 틀어박힌 아내가 아주 가끔 마음이 가벼울 때면 음식을 해주곤 했는데 아무래도 오늘이 그날 같았다.

"여보!"

"어서 와요, 여보. 아버님도 고생하셨어요."

주방에서 앞치마에 물기 묻은 손을 닦으며 나오는 미소의 인사에 두 사람의 눈이 휘둥그레 해졌다.

"무, 무슨 일 있어?"

갑자기 겁이 덜컥 난 준호의 목소리가 떨렸다.

"호호호, 일이 있기는 있지요. 일단 두 분 다 장비도 정리하시고 몸도 씻은 후 주방으로 오세요."

"여보!"

"아가!"

"어서요. 씻고 나오시면 아시게 될 거예요."

자신을 부르는 말을 무시하며 미소는 두 사람의 등을 떠밀었다. 두 사람은 얼떨결에 장비를 넣어두는 방으로 가야 했다.

"아버지 도대체 무슨 일일까요?"

"글쎄다. 나도 모르겠다. 아가 말대로 얼른 씻고 나가보자."

"예."

두 사람은 서둘러 장비를 수납하고는 방에 딸려 있는 욕실로 가서 몸을 씻었다.

평소에는 장비에 묻은 몬스터 체액 같은 것들을 닦아낸 후 한 사람씩 차례로 씻었지만 미소의 변화에 그럴 수가 없었다.

같이 욕실로 들어가 샤워를 끝내고 난 뒤 옷을 갈아입은 두 사람은 주방으로 갔다.

"여보!"

"아가!"

주방으로 식탁에 앉아 있는 낯선 사나이를 본 두 사람은 미소를 불렀다.

"호호호, 그렇게 경계할 필요 없어요. 일단 자리에 앉기나 하세요. 소개해 드릴 테니까요."

두 사람은 미소를 본 후 식탁에 앉았다. 미소의 당부에도 불구하고 앞에 앉은 낯선 사나이를 경계하는 것도 잊지 않았다.

'많이 늙으셨구나.'

잔뜩 긴장한 채 식탁에 앉는 두 분을 보니 눈물이 날 것 만 같다.

어머니께 설명을 듣기는 했지만 고생을 많이 하신 탓인지 나이보다 늙어 보이는 모습 때문이다.

'어머니도 우울증 때문에 몇 년 동안 집에만 계셨으니 마음고생도 심하셨을 테지.'

자신의 것을 놓지 않고 민간인들을 수탈하는 정부와 병든 어머니 때문에 이중으로 고생을 하셨다는 말을 들었다.

'걱정하지 마세요. 이제는 모든 것이 잘 될 테니 말이죠.'

이곳에 오신 후의 상황에 대해서는 어머니께 모두 들었다. 몇 년간 방안에만 칩거하셨는데도 불구하고 어머니가 잘 아시는 이유는 아버지 때문이다.

어머니가 좋아지시지 않을까 하는 생각에 매일 같이 그날의 일어난 일들을 말씀해 주셨던 까닭이다.

앞으로 모든 것이 달라질 것이다. 확인할 것들이 몇 가지 있기는 하지만 좋은 방향으로 말이다.

"두 분 다 그렇게 노려보지 말아요. 그러다 내 아들 얼굴 뚫어지겠어요."

"……!"

"……!"

찌개를 올려놓고 뒤늦게 식탁에 앉으시며 하시는 말씀에 두분 다 놀란 얼굴로 어머니를 쳐다보신다.

"여, 여보. 지금 뭐라고 했어?"

"당신하고 아버님이 하도 노려봐서 우리 차훈이 얼굴이 뚫어지겠다고 했어요."

"차, 차훈이?"

"아가!!"

"호호호, 흐흑! 차훈이가, 우리 아들 차훈이가 드디어 찾아왔어요. 흐흐흑!"

아버지와 할아버지는 믿을 수 없다는 표정으로 나를 노려보신다. 아픈 어머니를 어떻게 했기에 이런 일이 벌어졌냐고 묻는 듯한 두 분의 눈빛에는 분노가 가득했다.

'많이 강해지셨다. 아프셨던 어머니 때문에 차마 손을 쓰시지 못하시지만 눈빛만으로 사람을 죽일 기세니 말이다.'

정말 강해지셨다. 현실 세계의 특급 능력자 정도는 찜 쪄 먹을 정도로 말이다. 어머니가 특급 능력자를 상회하는 것을 알았을 때 어느 정도 짐작은 했지만 내가 생각한 것보다 훨씬 강하신 것 같다.

특히나 할아버지의 강함은 더하다. 의지를 쏘아 나만 압박하는 것을 보면 어쩌면 초월의 경지도 넘으셨는지 모르겠다.

"어머니, 그만 우세요. 아가도 많이 우셨잖아요. 그러다 큰일 나세요."

"흐흑, 그래. 그만 울게. 우리 아들이 고쳐줬는데 다시 탈이 나면 안 되지."

어머니가 눈물을 닦으시며 웃으려고 애를 쓰신다.

아버지와 할아버지는 놀란 눈으로 어머니를 바라보시더니 이내 나에게 고개를 돌리신다.

— *이놈, 어떻게 된 거냐?*

우울증 때문에 제대로 된 운기를 하지 못해 기혈이 막히기 시작했던 어머니였다. 전보다 더 넓어진 기혈과 막힘없이 흐르는 기운에 놀라신 것인지 할아버지가 사념으로 물으신다.

어머니 말씀에도 불구하고 내가 자신의 손자라는 것을 아직 믿지 않으시는 모양이다.

'하긴, 여기는 현실 세계와는 단절된 단방향 게이트였으니 믿지 않으실 만도 하다.'

깜짝 놀라게 해주자는 어머니의 제의에 승낙하기는 했지만 더 이상은 곤란했다.

— *일단 제가 가지고 있는 기운을 느껴보세요.*

할아버지에게 사념을 보내고 기운을 개방시켰다. 어린 시절 할아버지에게서 어머니에게로 그리고 나에게 이어진 혈정의 기운이었다.

그것뿐만이 아니었다.

할아버지께서 초월의 경지를 넘으신 것이 확실하기에 수용소에서 얻은 뇌전의 기운도 연이어 개방을 했다. 혈정은 인간의 피와 공포를 통해 만들어지는 기운이라 믿지 않으실 수도 있어서였다.

할아버지의 눈이 경악으로 물들었다. 연신 눈빛이 흔들리시더니 이내 굵은 눈물을 흘리신다.

"아버지!"

갑작스러운 할아버지의 눈물에 아버지가 놀라며 묻는다.

"크흐흐흐흑!"

입을 다무신 할아버지가 흐느끼며 눈물을 참으시려 애를 쓰신다. 초월의 경지를 넘으신 분이 눈물을 참으려하는 모습을 보니 가슴이 먹먹하다.

"차, 차훈아!"

내 이름을 부르신 할아버지가 일어나서 나를 꼭 안아주신다.

"아버지, 차훈이라니요?"

"이놈아, 네놈 아들이 왔는데도 못 알아본다는 말이냐? 얼굴을 보지 말고 기운을 느껴 봐라."

할아버지의 말씀에 아버지가 눈을 감으신다. 그러시더니 이내 눈물을 흘리시기 시작했다. 내가 발산하는 기운을 느끼신 것이다.

"크흑, 차훈아. 내 아들 차훈이가 맞는 거냐?"

"네, 맞아요. 아버지. 갱도 안에서 아저씨들에게 건네져 겨우 살아남은 아버지 아들 차훈이가 저예요."

"크흐흑, 차훈아!"

아버지도 식탁에서 일어나서서 다가오시더니 할아버지와 나를 품에 안으셨다.

'크흠, 다 큰 어른들이 눈물이 참 많다.'

나도 울고 싶었지만 격이 올라선 이후로 감정의 기복이 그리 심하지 않다. 가슴이 먹먹해지는 것도 나로서는 꽤 동요한 상태라고 할 수 있을 정도다.

"어서 자리에 앉으세요. 식사가 끝나고 나면 모두 말씀을 드릴게요."

"크흑, 그래."

"아, 알았다."

기운을 실어 말씀을 드렸더니 두 분 다 진정을 하시고는 자리에 가서 앉으셨다.

"가족이 모두 함께 모여서 이렇게 식사하는 것은 처음이네요. 어서 먹어요."

"그래, 처음이구나. 어서 먹자. 어서 먹고, 차훈이 이야기를 들어야 하니까."

"예, 아버지."

"예, 아버님."

식사가 시작이 되었다. 감정의 동요가 있으셨는지 다들 처음에는 잘 못 드셨지만 나중에는 다들 잘 드셨다.

"차훈아, 잘 먹었니?"

식사를 끝내고 내가 마지막으로 수저를 놓자 어머니가 물으신다.

"지금까지 먹은 밥 중에 최고였던 것 같아요, 어머니."

"그래, 앞으로 맛있는 거 많이 해줄게. 차훈아."

"그럼요."

나와 어린 시절을 같이 하지 못한 것이 안타까웠는지 아직도 눈물이 그렁그렁하신 모습이시다.

"아가, 설거지는 나중에 하고 차훈이 이야기를 좀 들어야 할 것 같다."

초월의 경지를 넘으신 탓에 이제는 완전히 평정을 되찾은 할아버지가 한마디 하셨다.

"그래요. 아버님. 저도 궁금했는데 빨리 들어요."

"거실로 가지요."

할아버지의 말씀에 어머니와 아버지도 찬성을 하셨고, 우리는 거실로 갔다.

어디서부터 말씀을 드려야 할지 모르겠지만 회귀한 것만 빼고 모두 이야기를 해드려야 할 것 같다.

이 분들은 하나 밖에 없는 내 가족이니 말이다.

그리고 할아버지 때문이라도 모두 말씀을 드려야 할 것 같다. 스승님과 수용소장, 그리고 할아버지가 속한 천환이라는 문파가 아무래도 예사로운 곳이 아닌 것 같으니.

제5장

긴 이야기가 끝났다.

어찌 보면 믿을 수 없는 이야기였지만, 게이트를 넘어 새로운 세상에서 오래 사신 탓인지 가족들은 내 이야기를 가감 없이 그대로 받아들이셨다.

수용소를 탈출했던 과정과 만수연구소의 생활, 그리고 세상을 넘나들며 겪었던 이야기들을 들으시면서 놀라시기도 하고, 안타까워하시기도 하셨다.

마지막에 여기로 오게 된 것과 다시 현실로 돌아갈 수 있다는 말씀을 드리자 다들 기뻐하시기도 했다.

"정말 놀라운 일이구나. 하지만 현실의 지구도 심상치 않은 것 같은데 앞으로 어떻게 할 생각이냐?"

"새로운 세상이 열린 만큼 돌아간다고 하더라도 전과는 다를 거예요. 가장 큰 일은 외계와 연결이 됐다는 거예요. 해서 그걸 막을 생각이에요."

"여기도 우리가 살던 세상과 연결된 곳이 아니라 외계를 만든 창조주의 영역이라고 했는데, 너는 괜찮은 거니?"

아버지의 질문에 대답을 하니 어머니가 걱정스럽게 묻는다. 어머니는 내 걱정이 우선인가 보다.

"그리 걱정할 일은 없을 것 같아요. 제가 지구와 이곳을 연결시킬 수 있는 것을 보면 외계의 창조주의 간섭을 받지 않는 것 같으니까요."

"그래도 모르는 일이다. 세상을 창조한 존재이니 말이다. 뭘 하든지 조심하는 것이 좋을 것 같다."

아버지도 내 걱정을 하시는지 염려를 놓으시지 않는다.

'그나저나 할아버지는 왜 아무런 말씀을 하시지 않는 거지? 내 이야기를 들으시면 서도 별로 놀라는 빛도 없으시고……'

내가 겪은 이야기를 하는 순간부터 할아버지의 기색을 살폈었다. 이야기를 끝낸 지금까지 희미한 미소만을 머금으신 채 듣고만 계시는 것을 보면 이상하기 그지없다.

내가 생각한 대로 천환이라는 문파가 특별한 존재가 분명한 것 같다. 눈빛과 표정, 그리고 입가에 걸린 엷은 미소를 보면 뭔가 알고 계신 것 같은 표정이었다.

"자, 밤이 늦었다. 하지 못한 이야기는 나중에 하도록 하고. 이제 좀 쉬어야 할 것 같다."

마침내 할아버지가 입을 여셨다. 예상과는 달리 쉬자는 말씀이셨다.

"그래야 할 것 같네요. 아버지. 난 설거지를 할 테니 당신은 차훈이 잠자리를 좀 봐줘요."

"그래라. 차훈 어멈은 어서 잠자리를 봐주어라.

"예, 아버님. 차훈아, 날 따라오너라."

밤이 늦은 시간이라 다들 할아버지의 말씀을 따랐다.

아버지는 주방으로 설거지를 하러가셨고, 어머니는 날 데리고 2층으로 가셨다.

― 차훈아, 아범과 어멈이 잘 들면 내방으로 오도록 해라.

― 예, 할아버지.

2층으로 올라갈 때 할아버지의 사념이 들려왔기에 대답을 드렸다. 역시나 별도로 할 말씀이 있으셨던 것 같다.

어머니를 따라 2층으로 올라와 내가 잘 곳으로 향했다. 방으로 들어가니 침대와 책상이 놓인 것이 보였다.

'어머니는 나를 잊지 않으시고 계속 가구를 계속 바꿔 오신 것 같구나.'

아무리 봐도 그냥 놔둔 방이 아니었다. 계속해서 청소를 하고 관리를 해온 방이었다.

"어머니 방이 예쁘네요."

"호호호, 많이 걱정했는데 다행이네. 피곤할 텐데 얼른 씻고 쉬어라, 차훈아."

"예, 어머니."

"좋은 꿈꾸고."

"어머니도요."

"흐흑, 그래."

어머니가 눈물을 흘리시며 나를 안으신다.

"나도 주책이다. 얼른 자라."

눈물을 훔치신 어머니가 얼른 방을 나서신다. 어린 시절을 같이하지 못하신 것이 못내 마음이 아프신 것 같다.

욕실이 딸린 방이라서 옷을 벗고 들어가 간단히 샤워를 하고 나왔다. 방에 있는 옷장을 여니 옷가지가 걸려 있었는데 모두가 새 옷이었다.

'어머니.'

생활필수품을 구하기 어려웠을 텐데 가구도 그렇고, 옷도 준비해 놓으신 것을 보면 한시도 나를 잊지 않으셨던 것 같다.

옷장에서 속옷과 옷을 꺼내 입었다.

'어떻게 아신 건지 모르겠군.'

치수가 틀리지 않고 딱 알맞은 것을 보니 새삼스러웠다.

옷을 다 입고 침대에 누웠다. 한 번도 사용하지 않은 듯 아주 푹신하고 포근했다.

'후후후, 좋구나.'

가족들을 찾고, 나를 한시도 잊지 않으셨다는 생각에 마음의 응어리가 씻기는 기분이다.

'이대로 자고 싶기는 하지만 할아버지가 기다리신다고 하셨으니 그동안 도시나 살펴보자.'

기척을 살펴보니 부모님이 쉽게 잠드실 것 같지 않기에 도시를 살펴보기를 했다. 대략은 살펴봤지만 문제가 있 것 같기에 세세히 파악을 해봐야 할 것 같다.

'인과율 시스템이 새롭게 생겼으니 접속이 가능한지 한 번 해보자.'

내 의지 안에 있던 것들이 이 세계의 인과율 시스템으로 변하고 세상에 관여하기 시작했으니 많은 정보를 얻을 수 있을 것 같아 접속을 시도했다.

생각 외로 쉽게 접속이 가능했다. 서울과 닮은 이 도시에 국한된 것이기는 하지만 거의 모든 정보에 접속할 수 있었다.

'일일이 찾아서 봐야 할 텐데 걱정이군, 이럴 때 젠 같은 존재가 있었으면 좋았을 텐데……'

젠과 같은 마나 마스터에 준하는 인식을 갖춘 에고가 있었으면 좋겠다는 생각이 들었다.

인과율 시스템이 무척이나 불편했다. 정보를 얻기 위해 하나하나 뒤져야 했기 때문이다.

그리고 내가 인지를 해야만 관련 정보를 얻을 수 있기에 불편함이 더했다. 이 세계에 대해 아는 것보다 모르는 것이 많으니 말이다.

— 도와드려도 되겠습니까?

불편함을 무릅쓰고 정보를 뒤지고 있으니 사념이 들려온다.

— 넌 누구지?

— 마스터로 인해 창조된 인과율 시스템의 에고입니다.

— 에고라고?

— 그렇습니다. 이제 태어난 지 겨우 10초밖에 되지 않았습니다만, 마스터께서 원하신 정보를 빠르게 찾아드릴 수 있을 것 같습니다.

— 호오, 그래?

— 그렇습니다.

— 재미있군. 그럼 이곳의 도시 행정 시스템에 대해서 정보를 좀 줘봐.

— 알겠습니다, 마스터.

빠르게 정보가 흘러들고 있었다. 도시를 장악한 정부와 군부의 현황은 물론이고, 어떻게 운영이 되고 있는지 상세한 정보가 들어왔다.

도시 외곽의 농경지나 자투리땅을 이용해 식량이 생산되고 있었다.

하지만 그것만으로 1,000만 명에 가까운 사람이 모두 먹고 살기는 부족했고, 대부분의 식량은 마정석을 이용해 운영되고 있는 식량 공장에서 만들어지고 있었다.

'재미있군. 식량 공장 빌딩이 1,000곳이 넘다니 말이야.'

게이트를 넘어온 사람들을 위해서인 듯 식량 공장은 처음부터 존재하는 곳이었다.

바닥 면적이 10,000제곱미터에 달하고 30층 높이의 건물로 이곳에 제일 처음 진입한 군부에서 장악을 한 이후 지금까지 철저한 통제 아래 관리가 되고 있는 곳이었다.

마치 온실처럼 각층마다 다양한 식량이 길러지고 있었는데, 거의 자동화된 시스템을 갖추어 에너지원인 마정석만 있다면 계속해서 생산할 수 있었다.

'문제는 생필품이군. 생산할 인력도 많이 없고, 자원도 부족하니 말이야.'

도시 구조가 식량 공장을 제외하고 서울을 빼다 박은 모습이다. 생산 시설은 있지만 운영한 인력도 부족하고, 물건을 만들 재료도 부족한 상태라 제한적으로 공급이 되고 있었다.

어머니가 나를 위해서 장만하신 것들도 상당한 대가를 지급한 것임을 알 수 있었다.

한계를 가지고 있는 도시 구조였기에 군부가 장악한 정부에서는 도시 방벽 밖에서 자원을 찾으려 애를 쓰고 있지만 한계가 있었다. 몬스터를 사냥하는 것 이외에는 자원 탐사는 꿈도 꿀 수 없는 형편이었기 때문이다.

'그나마 몬스터 부산물로 자원을 일부 충당할 수 있게 되었지만 태반이 부족하군. 그나마 에너지 문제는 마정석으로 해결이 되니 다행인 건가?'

몬스터에서 추출되는 부산물이 자원으로 활용되기 시작한 것은 채 10년이 되지 않았다. 계속해서 늘어나고는 있지만 수요를 충당할 수는 없었다.

마정석을 이용해 전기를 생산하는 기술이 개발되었고, 핵발전소에 버금가는 높은 효율이 아니었다면 에너지 문제도 상당히 심각할 뻔한 상태다.

'그럭저럭 도시가 돌아갈 수 있는 구조를 갖추어가고는 있지만 문제가 한두 가지가 아니로군. 더군다나 마정석을 이용해 군부의 전력을 강화하고, 강력한 독재정치를 위한 작업이 진행 중이라…….'

멸망한 대한민국의 정권을 장악했던 장성들이 아직도 군부의 수뇌부를 맡고 있었다.

개 버릇은 남을 주지 못한다고, 강력한 통제를 바탕으로 마정석을 독점해 독재 정권을 수립하려는 음모가 진행되고 있는 중이었다.

군부 내에서도 참된 군인이 있어 반대하는 세력이 있기는 하지만 그야말로 조족지혈이었다.

'그런데 이상하단 말이지. 이정도면 벌써 독재 정권을 수

립하고 민간인을 노예처럼 부려먹었어도 됐을 텐데 말이야.'

자원과 무력을 장악한 군부가 민간인을 내세워 어용정부를 만든 것도 그렇고, 반대하는 세력을 아직까지 숙청하지 않았다는 것이 이상했다. 세력을 따졌을 때 벌써 그러고도 남았어야 정상이었기 때문이다.

— 민간인들도 세력을 구축하고 있나?

정보가 단편적이라 에고에게 물었다.

— 있기는 합니다만, 자세한 정보를 얻기 위해서는 능력 향상이 이루어져야 합니다.

— 능력 향상?

— 제 격이 높아지면 자세한 정보에 접근하는 것이 가능합니다. 지금 알 수 없는 의지가 관련 정보를 막고 있어서 접근하기가 곤란합니다.

— 알 수 없는 의지가 정보의 접근을 차단하고 있다는 건가?

— 그렇습니다, 마스터.

— 네 존재의 의미를 부여하면 인과율 시스템에 막혀 있는 부분을 뚫고 정보를 얻을 수 있는 건가?

— 그렇습니다, 마스터.

— 좋아. 앞으로 네 이름은 두루다, 세상을 널리 살펴 공평하게 관리하라는 뜻이다.

— 아아!!

이름을 부여하자 탄성어린 사념이 들려온다. 에고의 자아
가 성장했다는 것을 확연히 느낄 수 있었다.

― 막혀 있는 부분을 뚫었습니다. 민간인들과 관련한 정보
를 마스터께 전송해 드리겠습니다.

상당한 정보가 들어왔다. 그리고 어째서 군부가 행동하지
않았는지 알 수 있었다.

'한일회와 겨레회라…….'

재미있게도 민간인들이 두 개의 조직으로 조직화되어 있었
다. 게이트를 넘어 온 후 전부 능력자로 각성한 민간인들이
말이다.

그리고 민간인 조직의 중심이라고 할 수 있는 인물들 중에
익숙한 이름을 발견할 수 있었다.

'할아버지와 아버지가 겨레회의 중심이구나. 한일회는 군
부에서 세운 어용 조직이고. 군부가 아직 행동하지 않은 것도
겨레회의 전력이 어느 정도 인지 정확하게 파악하지 못했기
때문이군. 인과율 시스템의 관련 정보를 틀어막은 분은 아마
도 할아버지시겠군.'

초월의 경지를 넘었더라도 인과율 시스템의 일부를 막는다
는 것은 불가능한 일이다. 그것은 신이라 불리는 존재에게도
허락되지 않은 것이기 때문이다.

하지만 내가 이곳에 나타나기 전까지 세상의 정보는 기록
되고 있기는 했었지만 시스템이 완벽하지 않았기에 관련 정

보를 막을 수 있었던 것 같다.

'할아버지를 만나 보면 알게 되겠지.'

천환이라는 문파와 할아버지의 정체가 점점 더 미궁에 빠진다. 불완전한 것이기는 하지만 인과율 시스템에 관여할 정도라면 할아버지께서는 내가 회귀한 것도 이미 알고 계실지 모르니 말이다.

'좀 더 살펴봐야겠군.'

아버지와 어머니가 아직 주무시고 계시지 않았기에 이 도시를 다시 살펴보기로 했다.

― 두루, 정보가 막혀 있는 곳은 더 없었나?

― 한 군데가 더 있었습니다.

― 더 있었다고?

― 예, 마스터.

― 그것도 뚫었나?

― 뚫었습니다. 관련 정보를 전송해 드리겠습니다.

― 그래.

막혀 있던 정보 한 가지가 더 전송이 되었다. 할아버지가 막아 놓은 정보보다 훨씬 가치가 있는 정보였다.

'후후후, 재미있군. 지구에서만 움직이는 것이 아니었다니.'

브리튼에서 보았던 의문의 집단과 관련된 정보였다.

바로 스카이 스크래퍼 안에 있는 프리온과 이곳 군부와 연결되어 있는 정보였다.

'식량 공장을 장악할 수 있었던 것도 프리온에서 제공한 정보가 있었기 때문이로군. 어쩌면 이곳으로 군대가 대부분 넘어 온 것도 프리온과 연결된 세력이 관여가 되어 있을 확률이 높다. 지구와 브리턴에 외계와 연결된 조직이 있다니……'

상황이 복잡해졌다. 브리턴과 지구에 외계와 연결된 조직이 있는 것은 확실하니 말이다.

지구에는 샴발라, 그리고 브리턴에는 프리온이 아마도 그들의 거점일 것이다.

'어쩌면 젠이 프리온의 모든 정보를 얻은 것이 아닐 수도 있다. 샴발라에서 그랬던 것처럼……'

프리온을 빠져 나오기 전에 첨단 기술과 관련된 정보들은 모두 빼낼 수 있었다. 그렇지만 관련된 정보에 대해서는 하나도 알지 못한다. 오로지 기술에 관한 정보뿐이었으니 말이다.

그것이 정부일 수도 있겠지만 다른 세계와 연결이 된 프리온에 그런 정보만 있다는 것은 어불성설이다.

샴발라 안을 아예 들여다 볼 수 없었던 것처럼 프로온이 가지고 있는 정보를 아예 들여다 볼 수 없었던 것 밖에는 설명이 되지를 않는다.

'젠도 눈치 채지 못할 정도로 교묘하게 차단이 되어 있었던 것일 테지. 좀 더 자세히 알아볼 필요가 있겠군.'

이곳과 외계가 연결된 정보에 집중할 필요가 있었다.

어쩌면 지구와 브리턴에 기반을 만들고 있는 외계의 존재에 대한 정보를 얻을 수 있을지도 모르니 말이다.

'어디.'

아버지와 어머니가 좋은 시간을 보내시는 것을 느끼고 보는 것처럼 느끼는 터라 기감을 거두어 두었었다. 어느 정도 시간이 지났기에 다시 살폈다.

'으음, 다행이 잠이 드신 모양이군. 그 동안 나 때문에 부부의 정도 제대로 나누지 못하셨을 테지.'

부모님 방에서 느껴지는 기척이 잠잠하다. 살펴보니 곤히 잠이 드신 것을 확인할 수 있었다.

자리에서 일어나 1층으로 내려 와 할아버지의 방으로 갔다.

똑! 똑!

"접니다."

"들어오너라."

문을 열고 안으로 들어가자 기다리고 계셨었는지 보시던 책을 책상에 내려놓으신다.

"거기 앉아라."

나를 위해서 준비해 놓으신 것으로 보이는 방석에 앉았다.

책상을 마주하고 앉으니 할아버지가 심유한 눈빛으로 나를 쳐다보신다.

"으음, 지금 네 모습이 본래의 것이냐?"

"그렇기도 하고 아니기도 합니다."

'역시, 할아버지는 나에 대해 뭔가 알고 계신 것이 분명하다.'

모습은 같지만 이 세계에서 와서 만들어진 것이라 사실대로 말씀을 드렸다. 모든 것을 예상하고 계신 것 같으니 말이다.

"그렇구나. 내 보아하니 천율에 내가 쳐두었던 금제를 네가 거둔 것 같은데, 맞느냐?"

"이 세상을 보고 싶어 거두었습니다."

천율이라는 것은 인과율 시스템을 말하는 것이 분명하다. 역시나 할아버지께서 금제를 거신 모양이다. 이 또한 사실대로 말씀을 드렸다.

"후우, 그렇구나."

할아버지가 한마디 하신 후 눈을 감으신다. 뭔가 생각이 깊으신 표정이다.

"차훈아, 돌아오는 길이 힘들었겠구나."

역시나 할아버지는 내가 회귀했다는 것까지 알고 계신다.

"할아버지."

"이제야 대사형의 안배대로 모든 것이 이루어진 것 같아 마음이 놓인다."

스승님께서 할아버지의 대사형이라는 것을 알고 있었지만

지금까지의 내 행보가 모두 그분의 안배였다는 말씀이라 머리가 아프다.

돌아가시기 전에 나에게 봉인을 걸면서 모든 것을 알려주셨다고 생각했는데 그것이 아닌 모양이다.

"후후후, 궁금한가 보구나. 그러면 알아야겠지."

말씀과 함께 할아버지의 눈동자가 변하기 시작했다. 한쪽은 피처럼 붉었고, 다른 한쪽은 깊은 푸른색으로 마치 오드아이처럼 보였다.

"아!!"

할아버지의 눈동자와 마주치자 머릿속에서 뭔가 깨어지는 소리가 들리는 것이 느껴졌다.

그리고 알 수 있었다.

그 소리는 나나 젠조차도 파악하지 못했던 봉인이 깨진 소리라는 것을 말이다.

잠깐 정신이 아득해지는 것 같더니만 어느새 다시 정상으로 되돌아왔다.

'남아 있는 것이 있었던가?'

스승님이 봉인을 하며 남겨 주신 것들이 다 해제된 것이 아니었다. 미지의 기억 하나가 내 의식 속에 펼쳐지고 있었다.

나는 그 미지의 기억으로 인해 놀라지 않을 수 없었다. 스승님과 할아버지가 밀접한 관계를 맺고 있었기 때문이다.

두 분 다 천환이라는 문파의 직계 제자다. 스승님은 천환의 대제자였다. 중간에 두 번째 제자인 김형식이 있었고 할아버지가 막내였다.

천환은 법문과 무예를 숭상하는 천문 중 하나라고 알려져 있기는 하지만 실상은 다르다.

태초에 세상을 발아래 두었다가 열두 갈래로 갈라진 이들과는 전혀 다른 맥을 이은 존재가 만든 것이 바로 천환이다.

천환은 대대로 세 명의 제자를 배출하며, 연결된 세계를 감시하며 세상을 조율하는 역할을 맡고 있었던 것이다.

'으음, 그래서 스승님께서 연결된 세계에 대한 정보를 대부분 알고 계셨던 모양이구나. 어디.'

스승님을 비롯해 천환의 정체에 대해 대략 알았기에 새롭게 얻게 된 정보들을 더 살폈다.

'으음, 원래 차원 신이 넷이었고, 그들이 만든 차원에 문제가 생긴 것이었다니……'

정보를 살펴보고 진실을 알게 되었다. 조금 전까지 내가 보았던 것은 그저 빙산의 일각이었다.

천환은 여타 이면 조직과는 태생부터가 다른 조직이다. 대대로 배출되는 세 명의 제자들 또한 일반 능력자들과는 달랐다.

한마디로 말해 세상에 존재하는 인류들과 완전히 다른 존재들이 바로 천환의 제자들이었다.

육신은 인류와 같지만 그 안에 담겨 있는 의지와 영혼이 달랐다. 차원의 주인처럼 애초부터 스스로 존재하던 의지이고 영혼이었다.

천환의 제자들은 차원의 주인과 같이 스스로 존재하기 시작한 영혼이 인간의 육신을 통해 지금까지 환생을 해왔다.

태어나서 각성을 하기 전까지는 인간의 삶을 살다가, 자신의 존재에 대한 각성을 하게 되면 이전 생의 모든 기억을 되찾고 조율자로서 살아가게 되는 것이다.

천환의 제자들이 이런 삶을 살게 된 것은 차원의 주인과 관련이 깊다. 나와 연결된 차원의 주인이 이 세상을 창조할 무렵, 천환의 제자들도 자신만의 차원을 만들었다.

의지를 발현해 자신들이 가꾸어 나갈 차원을 만들기는 했지만 스스로가 불완전한 까닭에 안정된 에너지인 에테르를 사용하지 못했다. 에테르의 균형을 맞추기 위해서는 의지 자체가 안정되어야 하는데 그렇지 못했던 것이다.

에테르를 사용할 수 없자, 이들은 자신들이 태어난 태초의 혼돈에서 파괴적인 특성을 가진 에너지를 끌어와 자신들만의 차원을 만들었다.

어디에도 속하지 않고 자신들의 본성과도 잘 맞는 에너지인 터라 세상을 만들 때 상당히 많은 도움을 받았지만 그것으로 끝이었다.

혼돈과 파괴라 불리는 카오스를 본격적으로 사용하자, 차원을 관통하는 에너지의 흐름 자체가 불완전해 졌고, 이로 인해 세상을 관리하는 인과율 시스템이 생성되지 않았다.

이로 인해 차원은 더욱 불안정해 질 수밖에 없었고, 급기야는 소멸까지 가야만 했다.

세상의 탄생과 소멸이 절대 법칙이기는 하지만 너무 이른 시기에 붕괴가 일어나기 시작했다는 것이 문제였다.

인접해 있던 차원의 주인이 만든 세상도 만들어진 지 얼마 되지 않았던 탓에 세 개의 차원이 소멸하는 충격을 온전히 견뎌낼 수 없었다.

차원 붕괴로 인해 시공간에 파탄이 일어나면서 같이 소멸을 맞아야 하는 운명에 처하게 되어 버린 것이다.

차원의 주인은 일그러지기 시작한 차원의 주인들과 논의한 끝에 특단의 결정을 내렸다.

세 존재의 의지를 거두어 강력한 권능의 힘을 얻은 후 결계를 형성하여 각 차원을 차단시켜 버린 것이다.

그것만으로 끝난 것이 아니었다.

차원의 주인은 자신이 만든 지구와 브리턴이 받은 충격을 해소하기 위해 차원 내에 7개의 세상을 더 만들었다.

이는 차원의 주인으로서도 자신이 가진 차원력을 대부분 소모하는 것으로, 엄청난 희생을 각오한 일이었다.

소멸에 이를지도 모를 정도로 영혼력을 거의 다 써버린 터라 처음 태어난 태초의 의지로 돌아가 버린 것이다.

세상이 안정이 되자 남아 있는 세 존재들은 영혼의 전이를 통해 거듭나며 차원의 주인과 약속한 것을 지켜나갔다.

'차원 간에 쳐진 결계가 무너지지 않는지, 처음 받았던 충격이 제대로 해소되고 있는지 감시하고 조율하는 것이 천환의 존재들이 한 약속이었군.'

차원의 주인과 약속한 것은 자신들이 만든 세상이 소멸하고 남은 카오스가 이 차원에 넘어오지 못하도록 막는 것이었다.

천환의 존재들은 약속을 지켜나갔다.

인과율 시스템도 비껴나간 존재들이라 마나 마스터는 물론이고, 그 누구도 이들의 존재를 알아차리지 못했다.

그렇게 점차 안정을 되찾아가던 세상이 엉망진창이 된 것은 하탄의 계획으로 인해 차원의 주인이 만든 결계가 비틀려 버리면서부터였다.

하탄의 시도로 인해 세상들 사이에 경계가 무너져 버린 것은 물론이고, 외계의 결계도 구멍이 나버린 것이다.

차원 간 결계에 구멍이 나면서 상황이 심각해지기 시작했다. 당초 받았던 충격을 해소하지 못한 상황에서 카오스가 흘러들어오자 세상이 변하기 시작했던 것이다.

'카오스가 흘러오는 것이 문제가 아니라 진짜 심각한 것은 소멸할 줄 알았던 세 차원에 남아 있던 존재들이었군.'

차원 내의 세상은 경계가 무너지기는 했지만 외계까지는 아니었다. 외계의 카오스를 막는 결계에 구멍이 난 이유는 그곳에 엄청난 존재들이 있었기 때문이다.

소멸할 줄 알았던 차원들은 소멸하지 않았다. 오히려 혼돈의 힘을 통해 에테르가 아닌 카오스를 기반으로 하는 새로운 차원이 형성되었다.

새롭게 만들어진 차원에는 당초 차원의 주인이 되고자 세상을 만들었던 존재들이 창조했던 아바타들이 있었다, 그들은 혼돈의 힘을 얻어 새롭게 진화했고, 엄청난 존재들로 성장을 했다.

이들은 결계가 흔들린 틈을 타서 외계를 차단하는 결계에 구멍을 뚫었고, 천천히 카오스를 흘려보내며 구멍을 넓혀 나가기 시작했다.

차원 주인과 버금가는 존재가 된 이들은 불완전한 카오스 에너지보다는 에테르가 가득 찬 세상을 동경했고, 원했기 때문에 일어난 일이었다.

급격히 흘려 넣으면 이쪽 차원이 붕괴되어 버리니 천천히 스며들도록 했고, 그리고 인해 천환의 존재 중 하나가 태초의 의지를 다시 갖게 되었다는 것이 문제였다. 천환의 두 번째 존재인 그 또한 차원의 주인이 되기를 갈망했던 것이다.

'여기까지인가? 나머지는 할아버지에게 들어야 할 것 같군.'

할아버지가 내게 전한 정보는 이것이 전부였다.

내가 태어나기 전에 일어났던 일들뿐이라서 그 이후에 상황은 할아버지가 직접 말씀해 주실 것 같다.

― 네가 생각한 대로다. 지금부터는 나에게 들어야 할 것이다.

― 말씀해 주십시오, 할아버지.

― 둘째 사형은 태초의 의지를 가지게 된 후 에테르가 가득 찬 이 차원 내의 세계의 경계에 구멍을 뚫으며 그 반발력을 이용해 외계에서 흘러들어오는 카오스를 두 곳에 집중시켰다. 한곳은 지구의 샴발라, 그리고 다른 한 곳은 브리턴의 프리온이다. 그리고 그곳으로 다른 존재들이 넘어올 수 있었다.

― 다른 존재들이요? 혹시 새로운 차원이 된 그곳의 존재들인가요?

― 그렇기도 하고 아니기도 하다. 대사형과 이사형, 그리고 내가 만든 차원들은 완전히 소멸을 했었다. 그렇지만 남아 있는 카오스를 이용해 차원을 만들어낸 존재들이 있었다. 대차원을 넘나들며 차원력을 모아 세상을 무로 돌리려는 이들이다.

― 세상을 무로 돌리려는 이들이요?

― 우리들과 마찬가지로 그들 또한 태초의 존재에서 떨어져 나온 존재들이다. 이 차원의 주인도 그렇고 우리들이 세상을 창조하는 의지를 부여받았다면 그들은 파괴의 의지를 부여받은 존재들이라고 할 수 있지.

― 창조된 모든 세상을 파괴하는 존재들이군요.

― 그렇다. 둘째 사형은 이 차원을 소멸시킨 후에 새롭게 창조하려고 그들과 협력을 했지만 어림없는 일이다. 그들이 존재하는 이유는 무조건적인 파괴와 소멸이다. 파괴된 차원의 차원력을 흡수해야만 존재할 수 있는 것이 그들의 숙명이니까 말이다.

존재의 이유를 설명을 들으니 어느 정도 이해가 갔다.

― 그럼 제가 회귀한 것은 무슨 이유 때문입니까? 할아버지.

― 우리들로서는 그들을 막을 수가 없다. 이 차원 내에 존재하는 격이 있는 존재들도 전부 마찬가지고. 차원의 소멸을 막기 위해 오랜 차원 내의 모든 세상을 돌아다녔던 대사형은 실망만 안고 이곳으로 돌아왔다. 그리고 비밀 연구소에서 너를 보았다. 에테르와 카오스를 동시에 담고 있던 너를. 하지만 시간이 너무 지나 있었다. 그 당시의 너는 만신창이였으니까. 그래서 대사형께서는 영혼의 소멸을 대가로 두 가지 안내를 했다. 하나는 시간을 거스르는 것이고, 다른 하나는 네가 두 가지 에너지를 완벽하게 수용해 완전해질 수 있도록 하는 것이었다. 그리고 이렇게 성공을 했지.

― 으음.

들을수록 놀라운 이야기다. 나또한 시간의 흐름을 조절할 수는 있지만 거스를 수는 없는데 말이다.

— 수용소에 들어가 네가 태어난 무렵 대사형의 사념을 들을 수 있었다. 대사형은 자신의 이런 사실들을 기억시킨 후 봉인을 해버렸고, 게이트를 넘어 이곳으로 온 후 각성하여 모든 것을 알 수 있었다.

— 게이트에 넘어오신 것도 이유가 있는 거군요?

— 그렇다. 각성을 해 봉인이 풀어진 후에 대사형이 나에게 부탁한 것이 있다는 것을 알 수 있었다. 혼돈의 존재들이 만든 세상으로 들어간 후에 너를 기다리고, 이곳에서 차원의 균열을 막으라는 것이었다.

— 저를 기다려 이곳에 있는 차원의 균열을 막으라니, 무슨 말씀이십니까?

— 지금 있는 이 세상은 외계와 우리가 살던 차원을 연결하는 통로다. 내게 남겨진 대사형의 사념에 따르면 지금 네가 가지고 힘이라면 충분히 통로를 막을 수 있다고 했었다.

— 제가 가진 힘으로요?

— 그래, 대사형은 충분하다고 했다.

할아버지 말씀이 무슨 뜻인지 도대체 모르겠다. 어떻게 막으라는 것인지 알 수가 없었다.

— 그렇지만 문제가 아직 남아 있다. 민간인들보다 먼저 이곳으로 넘어온 군인들 중에는 저들의 사주를 받고 통로를 지키는 이들이 있다는 것이다. 그리고 통로가 이곳 하나가 아니라 또 하나 존재하고 있고.

― 또 있다는 말씀입니까?

― 그래, 이곳의 정보는 내가 대략 파악했지만 다른 하나에 대해서는 정보가 전혀 없다. 어디에 위치하고 있는지도 전혀 모르고 말이다. 다만 이곳을 지키는 존재들보다 훨씬 강한 존재들이 지키고 있다는 것만 어렴풋이 짐작할 뿐이다.

― 그렇군요.

'이곳에 있는 존재들은 어느 정도 파악을 했지만 다른 존재들은 파악이 되지 않았었다.'

아무것도 느껴지지 않는 존재라면 내가 펼친 기감은 물론이고 인과율 시스템을 비껴난 존재라는 뜻이다. 차원의 주인에 버금가는 존재들이 지키고 있는 것이 분명했다.

― 놈들이 본격적으로 통로를 건너오기 전에 막아야 한다. 그렇지 않으면 우리는 물론이고, 또 다른 차원 신이 만든 세상도 소멸당할지 모르니 말이다.

우리가 속한 차원도 아주 오랜 세월이 흐른 후에 소멸이 되기는 하겠지만 지금은 아니다.

차원력이 넘치는 지금 소멸한다면 놈들을 그만큼 더 강대해질 것이고, 할아버지 말씀대로 또 다른 차원들의 소멸을 앞당기게 될 것이다.

― 우선 이쪽부터 막아야겠군요. 그렇게 된다면 다른 곳을 막고 있는 놈들도 움직일 테니까 말이죠. 할아버지, 그런데 이곳은 어디와 연결이 된 곳이죠?

— 여기에 있는 통로는 지구의 샴발라와 연결이 되어 있다.

— 그렇군요, 통로는 어디에 있습니까?

— 샴발라와 연결된 통로는 이곳 지하에 있다. 그렇지만 천율을 비껴난 곳이라 아무도 찾을 수 없는 곳이기도 하다.

— 알겠습니다. 아직 어떻게 막아야 할지 모르겠지만 내일부터 알아보도록 하지요.

— 그래, 차훈아. 그리고 돌아줘서 고맙다.

할아버지의 눈시울이 붉다. 안배에 중심에 있게 된 나에게 미안하신 것 같다.

— 아닙니다, 할아버지.

— 내일부터 알아본다니 우선 이곳 사정을 대강이나마 설명해 주마. 놈들의 사주를 받는 자들이 군부를 손에 쥐고 도시를 실질적으로 장악을 하고 있다. 백성준 장군이 놈들에게 맞서고 있기는 하지만 전력상으로는 한참 뒤처진다.

— 그렇군요.

어느 정도 파악하고 있는 상황이었기에 고개를 끄덕였다.

— 민간인들도 갈라져 있다. 군부의 장교들이 나와 만든 한일회는 군부의 허수아비고, 내가 주도해 만든 겨레회가 맞서고 있는 중이다. 겨레회의 능력자들은 대부분 자신의 수준을 감추고 있는 터라 양자가 비슷한 전력이지만, 그것은 겉으로 보이는 모습일 뿐이다. 지하에 있는 통로를 지키고 있는 이들이 나설 경우 전세가 완벽하게 뒤집힐 수밖에 없는 상황

이다. 내 인식을 벗어난 것을 보면 감당하기 쉽지 않은 놈들 같으니 말이다.

― 놈들의 전력이 어떤지 알아야 대책을 세우고 통로를 막을 수 있을 것 같네요.

― 그래, 그게 가장 중요하다. 그런데 너는 천율의 감지를 비껴낼 수 있는 것이냐?

― 가능합니다.

나로 인해 완전해진 인과율 시스템이기에 완전히 벗어난 존재이지만 자세히 말씀드리기가 뭣 해 가능하다는 말씀만 드렸다.

― 다행이다. 놈들의 능력이 어떨지는 모르지만 나에 대해서 자세히 모르는 것을 보면 인식을 비껴내는 존재에 대해서는 탐지할 수 없는 모양이니, 이점 유념해서 움직여야 한다.

― 예, 할아버지.

― 이제 대강은 말해 준 것 같구나. 피곤할 텐데 이제 그만 올라가서 자도록 해라. 이곳의 나머지 상황은 다시 이야기해 줄 테니 말이다.

― 예, 할아버지.

밤이 늦은 시간이다. 잠에 구애를 받지 않는 몸이지만 할아버지의 말씀에 자리에서 일어나 방을 나섰다.

'서둘러야겠군.'

방을 나선 후 내방으로 올라가 내 존재감이 머물도록 의지를 남겼다. 집을 벗어나기 위해서다.

내일부터 찾아본다고 말씀을 드리기는 했지만 아무래도 서둘러야 될 것 같다. 도시의 움직임이 심상치 않으니 말이다.

부모님 몰래 할아버지를 만날 때부터 도시 내의 움직임이 심상치 않았다. 많은 병력이 서쪽으로 몰려가고 있었다.

백성준 장군이라는 자가 맡고 있는 서쪽 구역을 포위하는 형태로 움직이는 것을 봐서는 뭔가 사달이 날 것 같다.

'알려드릴 필요는 없겠지.'

두 분이 나서지 않더라도 충분히 해결을 할 수 있는 상황이다. 존재를 감춘 채 통로를 지키는 자들이 나타난다 하더라도 상관이 없어 알리지 않기로 했다.

혹시라도 할아버지와 아버지가 나섰다가 다치기라도 하면 내가 어떻게 될지도 모르니 말이다.

팟!

공간 이동으로 서쪽 구역으로 갔다.

백성준 장군이 맡은 곳은 15층짜리 빌딩을 거점으로 반경 10킬로미터 구역 안에 군부대들이 지역별로 주둔하고 있었다.

공간 이동으로 가장 높은 빌딩의 옥상으로 올라간 후 백성준 장군이 맡고 있는 구역을 살폈다.

'경계 수준은 높지만 아직은 모르고 있는 모양이군.'

군부의 능력자들이 은신을 한 채 움직이고 있는 터라 알아차리지 못한 듯 위수 지역에는 경계 병력만 배치되어 있었다.

'일단 백성준 장군부터 살펴봐야겠군.'

기감으로 느껴지는 대로라면 백성준 장군은 초월의 영역에 한 발 걸친 강력한 능력자다. 할아버지보다는 못하지만 아버지보다는 강한 강자다.

휘하에 있는 능력자들의 수준도 포위하는 군부의 병력보다는 훨씬 위다. 무방비 상태로 기습만 받지 않는다면 충분히 막을 수 있을 것 같기에 백성준 장군을 먼저 만나봐야 할 것 같다.

팟!

백성준 장군이 머물고 있는 곳은 이미 파악을 한 터라 공간을 열고 이동을 했다.

텅!

이동을 하자마자 쇄도해 오는 백성준 장군의 주먹을 쳐냈다.

'공간이 비틀리자마자 잠에서 깨어 공격을 해오는 것을 보니 초월의 영역에 발을 디딘 것이 확실하군.'

깊은 잠에 빠져 있었음에도 찰나 간에 반응하는 것을 보니 기감으로 느꼈던 대로였다.

"해치려고 온 것이 아니니 그만 하시죠."

"네놈은 누구냐?"

"기다리던 사람이라면 믿으시겠습니까?"

"으음."

내가 누구인지 생각하는 눈치지만 결론을 내리기 쉽지 않은 모양이다.

"이럴 시간이 없을 것 같습니다. 군부에서 이리로 병력을 보냈습니다."

"군부에서 병력을 보내다니?"

"믿기 힘드시겠지만 전 박 상자 훈자 되시는 분의 손자인 차훈이라고 합니다. 지금은 제 말을 믿어주셔야 합니다."

"네가 어르신의 손자라니 드디어 온 모양이군. 그나저나 경계 신호가 오지 않았는데 어떤 놈들이……."

다행히 믿어주는 것 같다. 할아버지가 나에 대해 어느 정도 언질을 준 모양이다.

"특급 능력자들을 중심으로 위력정찰을 하며 포위하고 있는 중이니 신호가 오기는 어려울 겁니다."

"역시, 그런가?"

백성준 장군은 입술을 깨물며 침대 옆으로 다가가 작은 탁자 위에 설치되어 있는 스위치를 눌렀다.

신호를 보내는 장치인지 경계 병력이 위수지역 내부를 빠르게 이동하기 시작했고, 잠들어 있던 병력들도 깨어나 자신이 맡은 구역으로 이동하는 것이 느껴졌다.

반응하는 속도나 이동하는 것을 봐서는 전원 능력자로 보이는 병력들이었다.

"이제 됐네. 초기 대처가 될 테니 자세히 이야기해 보게."

"특급 능력자들은 열 명 단위로 네 곳에서 진입을 하는 중이고, 일급에서 이급 능력자들은 사만 명 정도가 넓게 포위한 채 이동하는 중입니다."

"정확한 위치를 알고 있나?"

어마어마한 병력이 이동 중임에도 백성준 장군은 당황하지 않고 물었다.

"그렇습니다."

"좋아."

내 대답에 백성준 장군이 손짓을 했다. 그와 함께 푸른빛이 허공에 일렁이며 홀로그램을 만들어냈다.

'현장에서 벌어지는 상황의 전략 시뮬레이션을 실시간으로 올릴 수 있는 것을 보니 백장군의 능력인가 보군.'

자신이 인지한 범위 내에서 벌어질 수 있는 상황을 저렇게 전술 지도로 표현하는 것을 보니 천상 장군인 것 같다.

"지금 구현된 것에다 손을 얹고 자네가 알고 있는 것들을 생각해 주게."

"예."

백장군이 원하는 대로 해주었다. 그러자 홀로그램 안에 적색으로 깜빡이는 점들이 무수히 나타났다.

특급 능력자들은 아주 진한 적색으로 나타났고, 그 보다 능력이 떨어지는 순서로 색깔이 옅어지고 있었다.

그리고 후방에서 포위망을 구축하고 있는 병력들은 거의 노란색으로 보였다.

"으음, 심각한 상황이군."

백성준 장군이 신음을 흘리며 홀로그램을 주시했다. 예상한 것보다 상황이 심각하다는 것을 느끼기 시작한 것이다.

제6장

백성준 장군의 눈길이 홀로그램의 각 방면을 주시할 때마다
변화가 나타났다.

백성준 장군의 눈길이 미치는 곳에 백색의 점들이 속속 나타
났다.

'정신감응으로 지시를 내리는 모양이군.'

백색의 점들은 유기적으로 움직이며 이동을 하고 있었는데,
가장 붉은 적색의 점들을 포위하듯 움직이고 있었다.

백성준 장군이 텔레파시 같은 정신감응을 사용해 휘하 병력
을 지휘하는 것이 분명해 보였다.

'상당한 능력이다. 통제는 물론이고, 명령까지 완벽하게 내

릴 수 있는 모양이로군.'

피처럼 붉은 적색의 점들이 진격하는 예상 경로에 백색의 점들이 포위한 채 멈춰 섰다. 거의 권능에 가까운 능력을 사용하고 있었기에 백성준 장군이 새삼스러워 보였다.

'지형을 이용해 포위하듯 멈춰 선 것을 보면 매복 공격을 택했군. 다수의 수로 특급 능력자들을 상대하도록 한 것을 보면 피해를 최소화하면서 적의 전력을 줄이려는 것 같군. 으음, 그리고 선제 타격 후에 역습을 위한 기습도 생각한 모양이군.'

매복에 이어 또 다른 병력들이 움직이기 시작했다.

매복조 뒤에 나타난 무수한 백색의 점들이 십여 개로 나뉘어 뭉치더니 방벽을 뒤로 하고 반원형을 그리며 거점으로 보이는 곳으로 이동하고 있었다.

병력 배치를 끝내고 명령을 내리는 것이 끝났는지 백성준 장군이 손을 흔들자 홀로그램이 사라졌다.

"조금 있으면 전투가 개시될 것 같은데, 가보겠나?"

"그러죠."

백성준 장군의 제의를 수락했다.

쉽게 제의할 사항이 아니었는데 이러는 것을 보면 나를 믿는 것 같다.

'역시 정신감응을 이용해 나를 파악한 모양이구나.'

내가 홀로그램에 손을 댔을 때 카오스 에너지가 전신을 훑고 지나갔다. 백성준 장군이 보낸 정신감응 에너지였다.

모르는 척 하고 살짝 의식을 개방해 주었고, 내 말이 진실인지 것을 알고 믿어 주는 것이다.

단순히 할아버지의 손자라고 해서 나를 믿는 것은 아니었다.

"이동하는 것은 자네가 도와주었으면 하는데."

"어디로 가실 겁니까?"

"매복조가 있는 곳 중 하나면 되네."

"그러시죠. 제 손을 잡아 주십시오."

백성준 장군이 내 손을 잡았고, 곧바로 이동했다.

매복조 중에 가장 강한 적들을 기다리고 있는 곳으로 공간 이동을 했다.

이미 연락이 닿은 듯 매복조는 모습을 드러내지 않고 숨어 있었다.

"자네의 실력을 한 번 보고 싶은 데 할 수 있겠나?"

"하하하, 그러시죠. 대신 이곳에 매복해 있는 분들은 다른 곳으로 돌리시도록 하지요."

"피해가 덜할 테니 그렇게 해주면 나야 좋지."

백성준 장군의 말이 끝남과 동시에 매복자가 움직였다. 능력자들답게 일체의 기척도 없이 매복지를 빠져나갔다.

'은신을 풀지도 않고 저렇게 빠른 속도로 이동을 하는 것을 보면 실력도 출중하고 상당한 훈련을 한 모양이군.'

각자 보유하고 있는 카오스의 양이 다가오는 적들 보다 높았다. 전투하는 모습은 보지 않아서 어떨지는 모르겠지만 이동하는 것을 봤을 때 실력만큼은 적보다 우위에 있는 것 같았다.

"어르신께서 키운 이들이라네. 실력자들이지만 군부에는 전혀 알려지지 않은 이들이지. 저들이 있어 내 휘하에 잠입한 스파이들을 모두 처리할 수 있었네."

"그렇군요."

예사로운 움직임이 아니라고 생각했는데 할아버지에게서 수련을 받은 이들이라는 말에 새삼스러웠다.

"이제 조금 있으면 도착할 것 같네."

"그렇군요."

적들이 가까이 다가오고 있는 것이 느껴졌다. 얼마 있지 않아 마주칠 것 같다.

"자네, 저들을 죽이는 것은 좀 자제를 해줄 수 있겠나?"

홀로그램을 봤을 때 이미 예측한 상황이다.

매복한 능력자들을 보면 개개인이 적들보다 훨씬 뛰어나고, 매복한 인원수도 세 배나 되니 것을 보니, 죽이는 것보다는 생포하려고 하는 것이 분명했다.

"생포하라는 겁니까?"

"그렇게 할 수 있으면 생포하는 것이 좋겠네."

백성준 장군의 눈에서 안타까움을 느낄 수 있었다.

'이계로 다 함께 이계로 넘어온 이들이 편을 갈라 싸우는 상황이 마음에 들지 않아 하시는군. 그럼.'

능력자들의 싸움이니 생존자가 그리 많지 않을 거라 생각하는 모양이지만 내가 개입을 한다면 다르게 전개될 수도 있다.

"장군님, 제가 전면적으로 개입을 하고 싶은데 괜찮겠습니까?"

"자네가 전면적으로 개입을 한다니 무슨 말인가?"

"음모를 알고 있는 이들은 소수이고, 대부분이 그들에게 세뇌되거나 동화되어 그런 것이니 살려야 되지 않겠습니까?"

"그, 그것이 가능한 일인가?"

"장군님만 도와주시면 가능합니다."

"내가 도와서 그렇게 될 수만 있다면 얼마든지 돕겠네."

백성준 장군이 화색을 하며 말했다.

"그리 어려운 일은 아닙니다. 아까 쓰신 능력을 다시 한 번 펼쳐 주시기만 하면 됩니다."

"알았네."

내 앞에 빠르게 홀로그램이 생성되었다. 이 자리에서 매복하고 있었던 이들이 다른 매복지로 가고 있는 것이 보였다.

"조금 이상하더라도 능력을 풀지 마십시오."

"걱정하지 말게."

홀로그램에 손을 얹고 의지를 부여했다.

내 말을 전적으로 믿는 것인지 백성준 장군과 정신으로 연결되어 있는 홀로그램이 전혀 흔들리지 않았다.

'장군님의 정신이 모두와 연결이 되어 있으니 약간의 의지를 부여하고, 카오스를 빠르게 흡수할 수 있도록 하면 큰 피해 없

이 적들을 제압할 수 있을 것이다.'

연결된 정신에 자신을 관조할 수 있는 의지를 부여했다. 자신이 가진 능력을 객관적으로 보고, 개선할 수 있는 단초를 제공한 것이다.

더불어 카오스와 쉽게 동화될 수 있도록 완전해진 인과율 시스템을 약간 개방해 연결했다.

백성준 장군의 정신감응에 연결된 이들의 기운이 변하기 시작했다.

― 장군님!! 정신 차리십시오!

변해가는 것에 너무 놀라서인지 홀로그램이 흔들리기에 경고의 사념을 보냈다.

― 미안하네.

홀로그램이 더욱 빛을 발하며 상황을 전달하기 시작했다.

― 이제 됐습니다. 통제를 거두셔도 될 겁니다.

백성준 장군은 내가 사념을 보내자 곧바로 홀로그램은 거두어 들였다.

"도, 도대체 어떻게 한 건가? 한두 명도 아니고, 전체 인원의 능력을 단번에 상승시키다니 말이야."

"강해진 것은 본래 가지고 있던 능력이 개화한 것이라 제가 한 것은 거의 없습니다. 제가 한 일이라고는 스스로를 돌아볼 수 있도록 계기만 주었을 뿐입니다."

"으음."

백성준 장군이 신음을 흘린다.

자아를 각성하고 본질을 관조할 수 있는 계기를 준다는 것이 보통의 사람으로서는 불가능한 일이다. 그것도 남의 능력을 활용해 타인을 그렇게 한다는 것은 신성을 가진 신이나 가능한 일이기에 그럴 것이다.

"자네가 오면 걱정할 것이 없다고 하더니 어르신 말씀이 맞는 것 같군. 이제 온 것 같으니 잘 부탁하네."

내가 가진 능력이 어느 정도인지 확인을 한 백성준 장군이 미소를 지으며 말했다.

"예, 장군님."

시뮬레이션에서 적색으로 표현이 되던 능력자들이 나타났다.

내 앞에 모습을 드러낸 자들은 모두 여덟 명이었다. 은신한 채 숨어 있는 자는 한 명으로 모두 아홉 명이었다.

숨어 있는 자를 제외하고 나와 백성준 장군을 바라보는 능력자들의 몸에서는 살기가 발산되고 있었다.

'살벌하군.'

게이트에 빨려 들어와 카오스를 통해 각성한 능력자들이 보여 주고 있는 살기가 보통이 아니었다.

현실 세계에서 에테르를 사용하는 특급 능력자라 할지라도 감히 맞받지 못할 정도로 강한 물리력을 동반한 살기였다.

백성준 장군은 손을 흔들어 푸른빛의 장막을 만들어 살기를 막으며 뒤로 물러났다.

타타타타타탕!!

나타난 적들은 양손으로 권총을 들어 올리더니 발사했고, 격렬한 폭발음과 함께 탄환이 날아들었다.

'불 계열의 마법을 탄환 외곽에 새겨 놓았군. 역시, 예상대로인가?'

날아오는 탄환에 새겨진 마법진이 보였다. 강력한 의지와 카오스에너지가 탄환에 담아 발사한 후 적에 근접하면 마법이 발현되는 방식이었다.

브리턴의 스카이 스크래퍼에서 얻었던 프리온의 첨단 기술 정보에서 보았던 마법진과 꼭 닮아 있었다. 예상한 대로 이곳에서 통로를 지키고 있는 자들도 관계가 있는 것이 분명했다.

슈슈슈슈슝!

생각은 길었지만 놈들이 마법 탄환을 발사하는 것과 거의 동시에 날아오는 탄환을 향해 주먹을 내뻗었다.

총구에서 빠져나오는 순간, 모든 것을 파악하고 찰나에 내뻗은 내 주먹에서 나온 기운이 탄환과 부딪쳤다.

콰콰콰콰쾅!!

탄환이 터지며 적색의 화염이 주변을 휩쓸었다.

'혼돈의 성향을 가진 에너지라서 그런지 더욱 격렬하게 반응을 하는구나.'

파이어 스톰을 능가하는 화염의 폭풍이 주위를 휩쓸자 건물들이 불타고 일부는 녹아내리기까지 했다.

'지구에서 이곳으로 넘어온 이들이 그럴 시간은 없었을 것이니 저런 것을 만들어내기는 불가능했을 것이다. 뭐가 더 있는지 지켜봐야겠지만 프리온은 에테르를 이용한 마법과 기술들을 카오스로도 사용할 수 있도록 개량을 한 것이 분명하다.'

카오스는 혼돈에서 흘러나와 파괴적인 성향을 가졌기에 정교하게 다루는 것이 쉽지 않다.

사용자가 직접 다루는 것도 아니고, 기물을 통해 사용하려면 고도의 기술과 특별한 장치를 사용해야만 한다.

이는 수많은 시간의 연구와 실험이 필요한 것일 텐데, 프리온은 아마도 그런 연구를 위한 곳이었을 확률이 높았다.

파파파파팟!

타타타타타탕!

탄환이 막히자 당황하는 기색도 없이 사방으로 산개한 적들이 연이어 권총을 발사했다.

상하 좌우로 각각 방향을 달리하며 마법 탄환을 발사했지만, 적들은 선택을 잘못했다.

조금 전에 내가 뻗어내 주먹에서 나온 기운은 탄환을 막기만 한 것이 아니었다.

폭발이 시작되는 순간 기운에 담기 내 의지가 화염의 폭풍을 뚫고 들어가 놈들이 소지한 권총으로 흘러들어갔고, 탄환에 새겨진 마법들을 모두 무효화시켰기 때문이다.

적들이 사용하는 공격의 메커니즘은 별거 아니다. 총을 발사하면서 카오스를 주입하고, 날아가는 동안 카오스가 탄환에 스며들게 되면 마법의 발현 조건이 완성이 된다.

발사한 사람의 의지에 따라 상대를 맞히거나 바로 앞에서 폭발을 일으키는 방식이었다.

탄환에 새겨진 마법진은 모두 취소시켰다. 나 또한 모두 인식하고 있는 기술이었기에 마법진에 스며든 언령의 의지를 지워 버리는 것은 아주 쉬운 일이었다.

마법진이 취소되었기에 발사된 총알은 카오스를 이기지 못하고 총구에서 고작 1미터 앞을 벗어나지 못하고 산산이 가루가 되었다.

'놀란 모양이군.'

연이어 총을 발사했지만 상황은 마찬가지였기에 놀랐는지 다들 당황하는 눈치였다.

스르르릉!

총이 전혀 소용이 없다는 것을 안 것인지 시야에 잡힌 적들이 모두 검을 빼들었고, 숨어서 지켜보고 있던 자가 은밀히 접근하기 시작했다.

'일단 이곳은 거의 끝난 것 같으니 마법진을 모두 캔슬시켜야겠구나.'

총을 이용해 강력한 마법을 구현하는 모습을 본 백성준 장군 상당히 놀라는 모습을 보였었다. 곧바로 홀로그램을 소환하고 휘하들에게 지시를 내리는 것 같았지만 상대하기 쉽지 않은 기물이었기에 다른 곳도 조치를 취해야 했다.

내 의지를 사용했기에 이곳에 새롭게 정립된 인과율 시스템에 기록이 된 상태다.

— 모두 *지워져라.*

조금 먼 거리이기는 하지만 충분히 캔슬을 시킬 수 있는 상황이었기에 의지를 일으켰다.

내 의지에 따라 인과율 시스템이 작동하기 시작했고, 적들이 가진 마법 탄환에 담긴 언령의 의지가 지워졌다.

'힘들기는 하겠지만 저 정도면 모두 생포가 가능할 것이다. 할아버지가 양성한 이들이 조금 다치기는 하겠지만 죽지는 않을 것이다.'

기물이 사용되지 않는다면 눈앞에 보이는 수준의 능력자들 정도는 매복한 백성준 장군의 휘하들도 충분히 제압이 가능하기에 안심이 되었다.

팟!

곧바로 신형을 움직였다.

전방에 있는 적을 향해 쇄도하자 나머지 인원들이 빠르게 에워싸며 검을 휘둘렀다.

카카카카카캉!

넘실거리는 붉은 기운을 담은 검들을 손과 발을 이용해 연이어 쳐냈다. 에테르로 만들어진 오러 블레이드를 능가하는 파괴력과 절삭력을 지니고 있었지만 티끌만큼도 다치지 않았다.

나 또한 카오스로 이루어진 유형의 기운을 온몸에 두르고 있었기에 다치지 않고 막는 것이 가능했다.

'아직은 카오스를 다루는 것이 익숙하지 않으니 이들을 대상으로 연습을 해야겠다. 배후에 있는 이들은 피라미에 지나지 않으니 이들을 상대로 수련을 하는 것이 좋을 것 같군.'

특급 능력자를 상회하는 자들이지만 신성을 지니지 못한 이들이다. 충분히 상대할 만하니 이런 자들을 상대로 카오스를 사용하는 것에 익숙해져야만 한다.

카오스를 사용함에 있어 나보다 익숙할뿐더러 에테르를 기반으로 하는 모든 것을 파악한 것 같다. 모든 것이 까발려진 상태나 마찬가지인 상황에서 신성이나 격을 지닌 존재라면 카오스의 특성상 나로서도 무시하지 못하니 말이다.

카카카카캉!

퍼퍼퍼퍼퍽!

충(衝), 단(斷), 난(爛)!

압(壓), 탄(炭), 선(旋), 결(結), 산(散)!

찌르고, 자르고, 뭉개 버리는 기본형에 누르고, 띄우고, 휘돌고, 묶고, 부수는 응용형까지 참진팔격의 모든 수를 동원해 적들이 펼쳐내는 공격을 상대했다.

일부러 상대의 신체에는 가격을 피하며 무기나 뻗어 나오는 카오스만을 상대했다.

혼돈의 특성을 가지고 있어 카오스를 제어하는 것이 쉽지만은 않았지만 어느 정도는 익숙해질 수 있었다.

내 의지를 벗어나 움직이는 카오스를 제어하는데 에테르가 상당히 도움이 되었다.

안정을 되찾으려는 상극의 성질을 가진 만큼 미쳐 날뛰려는 카오스를 어르고 달래어 의지대로 움직이게 해주었다.

'내가 사용할 수 있는 카오스의 양이 조금씩 늘어나는구나. 이제 더 이상하면 곤란하겠군.'

에테르에 의해 안정이 될수록 사용할 수 있는 카오스의 양이 늘어나고 있었다. 나에게는 좋은 일이었지만 나를 상대하고 있는 이들에게는 아니었다.

움직임이 정교함을 잃고 거칠어지고 있었고, 악다문 입술 사이로 피를 흘리는 모습을 보이고 있었다.

사용되는 카오스가 임계점에 육박했는지 폭주할 기미를 보이고 있었다.

'내가 카오스를 계속 사용하면 저들의 신체가 폭주를 이기지 못하고 붕괴하고 말테니 에테르를 사용해 보자.'

내가 사용할 수 있는 카오스가 나를 상대하고 있는 자들도 사용량이 증가하고 있다. 저들도 멈추고 싶은 것 같지만 의지대로 되지는 않는 것 같다. 저들의 몸에서 흐르고 있는 카오스가 스스로 반응하고 있으니 말이다.

통제를 벗어난 카오스다. 내가 가진 카오스는 폭주만 촉발시킬 뿐이라서 에테르를 사용해야만 할 것 같다.

― 위험하다 싶으면 나도 나서겠네.

― 그러실 필요는 없을 것 같습니다.

백성준 장군이 나서겠다고 했지만 사양했다. 그가 나서도 도움이 되지 않을뿐더러 자칫 위험해질 수 있기 때문이었다. 그 또한 카오스를 기반으로 능력을 사용하기 때문이다.

― 그럼 어떻게 할 생각인가?

― 저에게 방법이 있으니 자리를 좀 피해 주십시오. 자칫 장군님도 위험해질 수 있으니 말입니다.

― 그러면 저들은 괜찮은 건가?

― 제가 사용하려는 것이 시험적인 방법이기는 하지만 크게 다치지는 않을 겁니다.

― 생명의 위협은 없다는 말인가?

― 그렇습니다.

― 알았네. 그럼 피해 있도록 하지.

말이 끝남과 동시에 백성준 장군이 자리를 피했다. 공간 이동은 아니었지만 아주 빠르게 자리를 이탈했다.

'상극이기 때문에 충분히 가능할 것이다.'

백성준 장군이 걱정하는 것은 나도 알고 있다. 상극의 기운을 사용하니 위험할 수 있기는 하지만 생각한 대로라면 절대 생명의 위협은 없을 것이다.

내가 생각한 방법은 저들의 몸에 에테르를 심는 것이다. 카오스의 폭주에 휩쓸려 이성까지 잃어가고 있는 저들을 안정시키려면 극단의 처방밖에는 없으니 말이다.

　내가 이 방법을 시도하려는 것은 카오스가 폭주한다는 사실 때문이다.

　누군가에 의해 프로그램이 되듯 정교하게 심어진 카오스 에너지가 폭주하는 바람에 저들의 상태는 초기화된 컴퓨터나 마찬가지인 상태다.

　에테르를 이용해 저들의 몸에 새겨진 에너지의 이동 경로를 새롭게 바꾸고 새롭게 정립된 인과율 시스템에 연결을 시킨다면 충분히 제어가 가능한 것으로 보인다.

　'에테르를 뿜어내는 순간에 막대한 충격을 받게 되니 단번에 끝내야 한다. 그리고 여기에 있는 자들만이 아니라 전부 다 심어야 한다.'

　백성준 장군의 병력이 우세하기는 하지만 다른 곳도 상황은 마찬가지였다.

　쉽게 제압을 할 수 있을 것이라는 내 예상과는 달리 다른 곳에서도 쳐들어온 적들이 폭주하기 직전이었다.

　포위하고 있는 병력과는 달리 위력정찰을 나온 이들은 전부 정신감응으로 의지가 네트워크화 되어 있었다.

　내가 상대하는 자들이 이상 반응을 일으키자 다른 것에 있는 자들도 동조해 폭주하기 직전이었다.

　'간다!'

　쏴—아!!

내 몸을 중심으로 의지를 가진 에테르가 순간적으로 퍼져나 갔다.

"컥!"

예측을 한 대로 강력한 반발이 전신을 덮치고 충격에 피를 토 했다. 비릿한 형향을 느낄 사이도 없이 엄청난 양의 카오스가 전신으로 쏟아져 들어왔다.

'크으, 예상을 했지만……'

비운 만큼 쏟아져 들어오자 몸 안에 있는 카오스가 날뛰기 시 작했다.

어느 정도 제어가 되고 있던 카오스에 대한 통제력을 잃어버 렸다.

콰르르르르르!

심장에서 급속히 빠져 나와 흘러들어온 카오스를 흡수하고 곧바로 심장을 향해 돌진했다.

콰―쾅!!

위기를 느낀 에테르와 카오스가 심장에서 충돌했다.

"크으으윽!"

덜덜덜덜!!

고통으로 인해 전신이 심하게 떨리고 있지만 의식은 명료하 다. 한 번의 충돌 후 심장에서 대치하고 있는 것이 선명히 느껴 진다.

녹색의 광채를 발하는 빛과 검정색의 기운이 대치한 채 천천히 돌고 있다.

한 치의 틈도 보이지 않고 서로를 노리고 있는 모습이 마치 거대한 맹수 두 마리를 보고 있는 것 같다.

'으음. 이건······.'

내상을 입을 정도로 반발이 컸는데도 불구하고 몸이 빠르게 회복이 되고 있다.

서로를 노리고 있지만 이상하게도 나에게 피해가 가지 않게 하려고 노력하는 것 같다.

'서로가 상극이면서도 나를 보호하는 것을 보면 인과율 시스템이 나로 인해 재정립된 상태라 그런 것인가?'

이 세계는 카오스밖에는 없는 곳이다. 지금 상황으로 봐서는 카오스가 훨씬 유리한 상황임에도 에테르의 원천을 향해 섣불리 덤벼들지 못하고 있다.

'에테르를 노리면서도 나를 보호하려 하는 것을 볼 때 인과율 시스템으로 인해 카오스가 내 의지를 거스르지 못하는 것인가?'

이유는 알 수 없지만 내게는 기회였다.

흘러들어오는 카오스를 차단했다. 에테르건 카오스건 의지에 반응하는 것들이라 차단하는 것은 아주 쉬웠다. 내 몸에 의지를 덧씌우기만 하면 되는 일이니 말이다.

어차피 내 몸 안에 수용된 두 에너지다.

두 개의 거대 차원을 유지하는 에너지원이었지만 인과율 시스템과는 무관하게 나의 의지에 따라야만 한다.

나 스스로가 인과율을 벗어난 존재가 됐기 때문에 내 안에 들어 온 순간 인과율 시스템을 벗어나는 에너지가 된 것이다.

— *나를 따라라.*

거리를 둔 채 빙빙 돌며 서로를 노리는 두 에너지를 향해 사념을 전달했다. 그러자 잠시 움찔 거리는 것 같더니 어느 사이인가 다시 대치했다.

— *이것들 봐라? 좋은 말 할 때 따라라!!*

조금 전보다 더 강력한 의지를 실어 보냈다. 신성을 얻고 격의 상승으로 발휘하게 된 의지의 힘을 전력으로 실어 보냈기에 두 에너지가 멈췄다.

'가능할 것 같다.'

생각이 일면 모든 것이 일어난다.

이 세상의 모든 것도 태초의 의지에 발해진 관념에 의해 창조된 존재들이다.

에너지 또한 다를 바 없다. 내가 뿌린 의지의 파장은 이 태초의 관념과 비슷하다. 내 신성과 격을 걸고 뿌리는 것이라 대치하고 있는 두 에너지에 영향을 주었던 것이다.

'이상하군.'

멈추기는 했지만 에테르의 원천이 서서히 팽창하기 시작했다. 카오스 또한 자신의 몸집을 부풀렸다.

'반응이 있지만 생각한 것처럼은 아니군.'

격렬하지 않게 몸집만 부풀리는 것을 느끼면서 서로를 노리고 다투는 것이 아니라는 것을 알 수 있었다.

자신의 주인이 나라는 것을 인식하고, 자신들을 변화시키기 위한 것이었다.

심장 내부의 공간은 한정되어 있다. 두 에너지가 몸집을 부풀리자 서로 맞닿을 수밖에 없었다.

파지지지지직!

일곱 빛깔의 뇌전이 맞닿은 곳에서 터져 나왔다. 그리고는 이내 심장을 가득 채운 두 기운 전체로 번져 나갔다.

내가 그린 하트라 부르는 심장도 마찬가지다. 일곱 빛깔 뇌전에 감싸였다.

두근! 두근!

심장이 고동칠 때마다 뇌전의 양이 많아졌다.

피츠츠츠츠츠츠!

심장 자체에서 일곱 빛깔의 뇌전이 뿌려지기 시작했다. 뿌려진 뇌전들이 에테르의 원천은 물론이고, 카오스까지 감쌌다.

'으음, 변하고 있다. 혹시 카오스도 흡수가 가능한 건가? 그음, 그럴 수도 있겠군. 카오스 또한 존재의 의미를 가지고 있는 에너지이기도 하니까.'

서로 대치하던 두 에너지가 아주 빠르게 진동을 했다. 그리고 서로를 향해 파고들었다.

'합쳐지고 있다.'

상극이나 다름없는 두 에너지가 융합되며 다른 것으로 변화하고 있었다.

쩌—저저적!

뭔가 갈라지는 느낌과 함께 두 에너지의 근간이라고 있는 특성이 사라지고 있었다.

얼마 지나지 않아 남아 있는 것이라고는 특성이 사라진 순순한 에너지뿐이었다.

'이런 상태로 변화하다니?'

속성이 전혀 없는 융합된 에너지는 어느 한 쪽으로 기울지 않았다. 창조적인 에테르도, 파괴적인 카오스도 전혀 닮지 않았다.

— 넌 내 것이다. 앞으로도 내 말에 절대 복종해라.

심장 안을 가득 메운 새로운 에너지 형태를 향해 내 의지를 전했다. 여전히 일곱 색이 번개에 휩싸인 두 에너지가 잘게 떠는 것을 보면 어느 정도 통하는 것 같다.

계속해서 내가 원하는 것을 사념으로 두 에너지에 보냈고, 상당히 시간이 흐른 후에야 받아들이기 시작했다.

'완전히 형태가 다르다.'

에테르와 카오스의 특성을 고스란히 가지고 있으면서 안정적이다.

내 의지를 완벽하게 따르는 것도 신기하다.

사실 에테르의 원천은 내 의지로 완벽하게 통제된다고 볼 수 없었다. 근본적으로 에테르를 창조한 존재가 따로 있기 때문이다. 내 의지에 공명하기는 하지만 태초의 존재가 남긴 의지를 잔상이 스며들어 있기 때문이다.

이는 카오스 또한 마찬가지다.

모든 것을 파괴하고 파괴로 인해 발생하는 차원력을 얻으려 하는 존재들의 의지의 잔상이 남아 있기에 카오스를 완벽하게 통제하는 것도 불가능한 일이다.

그런데 에테르와 카오스가 융합한 이 에너지는 정말 내 의지를 완벽하게 따르고 있고, 현실 세계와 외계라는 거대 차원을 창조한 존재들의 잔상 또한 남아 있지 않았다.

'어떻게 해서 이렇게 됐는지 알아야 한다. 어쩌면 이것이 파국으로 치닫는 세상을 구원할 열쇠가 될 수 있을지 모르니 말이다.'

에테르와 카오스를 맞부딪친 것은 이번이 처음이 아니다. 여러 번 부딪쳤었어도 이런 현상은 없었다.

맞부딪친 것만으로 이런 현상이 발생하지는 않았을 것이기에 어찌된 연유인지 반드시 알아봐야 했다.

'일단 지금 상황부터 처리하자.'

느껴지는 것으로 봐서는 수많은 사람들이 쓰러져 있다. 자리를 피했던 백성준 장군은 물론이고, 카오스를 품고 있는 사람들은 예외가 없었다.

쳐들어 온 자들도 마찬가지다. 정찰대는 쓰러져 거품을 물고 있었고, 사방에서 포위한 채 조여 오던 자들도 마찬가지다.

재미있는 것은 충격의 정도다.

'백성준 장군과 그의 휘하들은 그저 잠자듯 쓰러졌는데 쳐들어 온 자들은 극심한 충격을 받은 것 같군. 아무래도 내가 적으로 인식하고 있었던 영향 때문인 것 같은데…….'

충격의 정도가 다른 이유는 그것밖에는 없었다. 조금이지만 적의가 담긴 것은 에테르에 휩싸여 적지 않은 충격을 받은 것이 분명했다.

'할아버지 말씀대로라면 서로 적대시 하는 것이 세뇌의 영향일 테니 그것부터 풀자.'

인간의 의식이 인과율 시스템보다 더 견고하다고는 생각하지 않는다. 신성이나 격을 가진 존재들에게는 어렵겠지만 보통의 사람이라면 정신계의 금제는 손쉽게 풀 수 있다. 모두가 스승님께서 내게 남겨 주신 유산 때문이다.

이곳에 오기 전에는 젠의 도움으로 손쉬웠지만 이버엔 내가 직접 해야 한다. 시간은 걸리겠지만 충분히 해제할 수 있기에 의지를 풀어내 쓰러진 이들의 정신에 접속했다.

다양한 기억과 의지들이 느껴진다. 읽으려 하지 않고 관조하듯 느꼈다.

'다른 세계로 넘어온 것도 그렇고 카오스를 가지고 있어서 그런 다들 의지가 상당하군.'

모두들 삶에 대한 강한 의지를 가지고 있었기에 쉽지 않겠다는 생각이 들었다.

'따지고 보면 불쌍한 이들이다. 삶의 의지가 강하기는 하지만 자신의 삶을 스스로 선택할 수 있는 상황이 아니니……'

쓰러진 이들의 정신의 밑바탕 깔려 있는 금제는 하나의 의지였다. 이 도시를 지키고 반대하는 세력을 철저하게 소멸시키려는 의지.

신이라는 존재에 모든 것을 내 던진 광신도처럼 하나의 의지에 맹목적으로 따르는 이들이니 불쌍할 뿐이다.

한 사람이 가지고 있는 존재의 의지에 기생하며 한 가지 목적만을 위해 움직이게 만들었으니 마리오네트나 다름없는 사람들이다.

'이제는 해방을 시켜야 할 때다. 하지만 최대한 조심해야 한다. 내가 건드리려 하는 것이 저 사람들이 존재하는 의미이니.'

생각하는 대로 모든 것이 이루어지는 것은 권능이다. 인과율 시스템을 제어할 수 있어 여기서도 가능하지만 대상이 사람들이었기에 조심해야만 한다.

사람들에게 잠재되어 있는 태초의 근원을 건드려야 하기 때문이다.

신성이 싹틀 수도 있고, 격이 성장해 다른 존재로 거듭날 수 있는 존재의 의미에 기생하는 다른 의지를 말살하다가 자칫 근원을 망가트릴 수 있으니 말이다.

이번에는 직접적으로 건드리는 것이라 더욱 조심해야만 하는 것이다.

내 의지가 천천히 기저에 기생하고 있는 어떤 존재의 의지에 접근을 했다. 타격을 받아 방어기제가 작동하지 않기에 쉽게 접근할 수 있었다.

'으음, 단순히 하나의 의지가 아니었던가?'

하나를 건드리자 일제히 반응을 한다.

쓰러져 있는 사람들의 의지가 한 존재에서 비롯되었다는 뜻이다. 자연스럽게 네트워크를 구축하고 있는 중인 것이다.

'점점 더 어려워지지만 흥미롭군.'

네트워크로 구축된 의지의 힘은 상대하기 꺼려질 정도로 강하다. 집단을 이룬 이들의 의지는 가히 인과율 시스템과 맞먹는 권능을 지녔으니 말이다.

그래도 다행인 것은 이들의 몸 안에 에테르가 스며들어 정신의 기저를 흔들어 놓았다는 것이다.

나와 같이 에테르가 가득한 세상에서 태어난 이들이라 카오스에 침잠되어 있으면서도 반응을 보인 것에 희망이 있다.

네트워크로 이루어진 의지에 접촉하고 생각을 했다. 내 안에 있는 에테르가 공간을 격하고 이들의 의지 안으로 들어오기를 말이다.

카오오오!

생각이 이는 대로 몸집은 겨자씨보다 작지만 형상을 제대로 갖춘 삼족오가 의지의 공간에 나타났다.

기생하던 의지가 몸을 일으켰다. 상처를 입어 광포해진 묵룡이 몸을 일으켰다. 꼬리를 숙주의 의지에 박은 채 몸을 일으킨 묵룡이 포효를 했다.

카아아아!

쐐—애액!!

기세를 더하려는 듯 몸집을 부풀리며 소리를 묵룡을 향해 삼족오가 쇄도했다.

푹!

날아간 그대로 자신의 몸으로 묵룡의 머리를 뚫어버린 삼족오가 연이어 움직인다.

푸푸푸푸푸푹!

삼족오가 섬광처럼 움직이며 연신 묵룡의 몸통을 뚫어 버렸다. 묵룡의 몸에 구멍이 나 있는 부분이 점점 희미해지기 시작했다.

'으음, 나와 같은 것이 아니라. 존재의 의지를 지탱하는 에테르와 같은 종류의 것들이 채워나가는군.'

구멍이 난 부분의 색이 사람들마다 달랐다. 기본적으로 일곱 색의 무지개와 같은 색이었지만 농도가 옅거나 짙어 모두가 다 달랐다.

기생하던 의지가 약해지자 존재의 의지가 본성을 드러냈던 것이다. 본성이 드러나자 그동안 묵룡이 차지하던 부분을 채워서 이런 현상이 발생한 것이다.

'죽겠군.'

한 사람이 아니라 쓰러진 이들 전부를 대상으로 동시에 금제를 해제하는 것이었기에 무척이나 힘들었다.

'에테르가 빠져나가면 저런 현상처럼 그 자리를 카오스가 채우는구나.'

에테르를 사용하는 탓에 물밀 듯이 카오스가 밀려들고 있는 중이다. 융합해 버린 에너지를 가지고 있어 조금 전보다 충격을 받고 있지만 견딜 만한 상황이다.

'으음, 그런데 이건 조금 의외로군.'

어느새 묵룡이 소멸되기는 했지만 다른 상황이 발생했다.

꼬리를 존재의 의지에 박고 있는 용의 형상은 아직도 남아 있었다. 검은 색이 사라지고 대신 각자 가지고 있는 본성과 같은 색을 가지고 있는 용들이 생겨났다.

'용만이 아니다.'

용의 모습을 보이고 있던 것들이 차츰 형상을 변화시켰다. 코끼리도 있다, 호랑이도 있었다.

'아아, 굉장하구나.'

색과 농도가 다르기는 하지만 밤하늘에 펼쳐져 있는 은하수를 보는 것처럼 모두들 반짝이고 있었다. 자신의 모습을 되찾은 본성의 의지들이 무척이나 아름다웠다.

'이제 완전히 되찾은 건가?'

얼마 지나지 않아 각양각색의 모습을 하고 있던 것들이 하나

둘 모습을 감췄다.

각자 자신의 가지고 있는 본래의 의지 속으로 빨려 들어가듯 사라졌다. 휘몰아치면서 내 몸을 파고들던 카오스도 더 이상 들어오지 않았다.

'휴우, 끝났군.'

가해졌던 금제가 완전히 풀렸기에 의지를 거두어 들였다.

"헉!"

삼족오의 형상을 하고 있던 의지의 가닥들을 거두어들이자 엄청난 기운이 몸 안에 가득 찼다.

강력한 반동과 함께 몸집을 키운 삼족오가 심장 속으로 빨려 들어갔다.

속으로 들어 온 삼족오는 심장에 모여들고 있는 카오스를 게걸스럽게 삼키고 있었다.

'내가 변화시켰던 것과 같은 것이다. 돌아오자마자 들어온 카오스들을 품어버리는군.'

비록 이미지로 구현된 것이기는 하지만 어떻게 된 것인지 상황을 알 수 있었다.

사람들의 의지 속으로 들어가 카오스를 처리하며 새로운 에너지로 변해 버렸지만 아직은 부족했던 것이 분명했다. 모자라는 부분을 내 몸에 들어온 카오스로 채우고 있었다.

'내 본성을 차지하려고 들어왔지만 적진 한복판에 찾아온 것이나 마찬가지로군.'

새로운 에너지로 가득 차 있는 상황이다, 더군다나 상극이라고 할 수 있는 에테르의 근원마저도 존재했다. 힘 한 번 제대로 쓰지 못하고 삼족오에게 삼켜질 수밖에 없었다.

'에테르가 조금씩 녹아 합쳐지고 있는 것도 그렇고, 내가 받아들이려고 했기에 가능한 일이었다. 그렇다면……'

샴발라에서 겪었던 경험 때문에 카오스를 적대시 했었다. 그러다가 이곳에 와서 본격적으로 맞부딪칠 때 받아들이려고 했다. 내 생각과 의지에 따라서 말이다.

'의외의 곳에서 단서를 찾았군. 고통스럽기는 했지만 내 의지에 따라 합쳐졌고, 새로운 형태로 변화했다면 현실 세계에서도 통용이 될 것이다.'

에테르와 카오스가 합쳐져 새로운 형태로 변한 것은 내 의지가 작용한 것 때문이 분명했다. 내가 찾은 것이 정답이라면 지구나 브리턴에서 일어나고 있는 일도 해결이 가능할 것 같았다.

기쁜 마음에 눈을 떴다. 눈으로 보이는 세상도 달라져 있었다. 서울을 빼다 박은 듯 닮았지만 외곽에는 거대한 방벽이 쳐져 있었는데, 그것이 사라지고 없었다.

'완전히 달라졌군. 하지만 내 에테르가 뻗어나갔던 곳까지만이다. 아직 카오스가 남아 있다는 이야기니 나머지는 따로 시도를 해봐야겠군.'

백성준 장군의 위수 지역과 포위하며 다가오고 있던 병력이 있는 곳까지만 변화가 일어났다는 것을 알 수 있었다. 나머지는 사람들의 의지에 기생하던 존재의 영향을 받고 있는 것이 분명했다.

팟!

백성준 장군이 모습을 드러냈다. 재미있게도 그는 공간 이동을 사용하고 있었다.

'이제는 완벽한 초월자로군. 그것도 상위의 격을 지닌…….'

내가 뿌린 에테르의 영향 때문인지 그의 몸에 신성이 생겨났고, 존재의 격 또한 달라져 있었다.

제7장

7

　흥분할 만도 한 일이지만 백성준 장군의 눈빛은 흔들리지 않
았다. 아주 깊고 침착한 눈빛이었다.

　"어르신께서 자네가 오면 모든 것이 변할 것이라고 하더니
이 정도일 줄은 몰랐네."

　"아닙니다."

　"그런 소리 말게. 이제는 어르신의 말씀을 완전히 신뢰하니
말이야. 자네도 그렇고."

　"그래주시면 저야 고맙습니다. 그리고 쓰러진 이들을 빨리
수습해 주시면 좋겠습니다."

　"알겠네."

백성준 장군이 명령을 내린 것인지 그의 수하들이 움직이고 있었다. 격이 높아져 능력을 사용하는 방법이 달라진 것이다.

홀로그램을 만들어내지 않고 명령을 내리는 것을 보면 심상 속에 구현해 수하들을 통제하는 것이 분명했다.

"세뇌가 풀려 이제는 적이 아니니 싸움을 없을 테지만 아직 남아 있는 자들이 있으니 경계를 더욱 철저히 해야 할 겁니다."

"실시간으로 전하고 있으니 우리가 뭘 더해야 하는지 말해 주게."

"저를 장군님의 심상과 연결시켜 주십시오."

"직접 전할 생각인가?"

"워낙 양이 많아서 말로 전하기는 무립니다."

"알겠네."

다른 존재의 의지를 빌려서 자신의 의지를 전달하는 것은 아주 위험하고 어려운 일이지만 백성준 장군은 쉽게 승낙했다.

조금 전에 말을 한 대로 나를 완전히 신뢰하는 것 같다.

의지를 발산해 백성준 장군의 생각에 접속했다. 완전히 신뢰해 모든 것을 맡긴 때문인지 접속에 어려움은 없었다.

백성준 장군의 네트워크를 이용해 그의 수하들에게 의지를 보냈다. 지금부터 무엇을 해야 할 지 알려주는 것이기도 하지만 스승님께서 남기신 것을 전수해야 했다.

스승님이 유산 중 몇 가지를 각자 펼칠 줄 알아야 하기에 제 법 시간이 걸렸다.

내가 알려준 것은 모두 세 가지다. 전체가 결계를 형성하며 움직이는 법과 상위의 존재를 상대하기 위한 합격술, 그리고 천환이 문파로서 세상에 존재할 때 일반 제자들에게 알려준 심법이다.

기생하던 의지와는 달리 백성준 장군의 능력은 그와 그의 수하들이 서로의 동의하에 정신감응이 된 상태다. 스스로의 의지로 서로를 연결하는 네트워크가 만들어진 것이다.

서로 완벽하게 동조를 하고 있었던 터라 백성준 장군의 수하들에게 스승님의 유산을 완벽하게 각인시킬 수 있었다.

전하는 것이 끝나자 의지를 거두어 들였다.

"이제 경지를 넘어서 놀랄 일이 별로 없을 줄 알았는데 정말 대단하군."

백성준 장군이 놀란 눈빛으로 나를 바라본다.

스승님의 유산은 백성준 장군에게도 전해졌다. 네트워크의 중심이 되는 그도 자연스럽게 각인이 된 것이다.

내가 전해준 것들은 각인이 된 것이라 곧바로 백성준 장군의 능력을 진화시키고 있었다.

조금 전까지는 정신감응만 완벽하게 동조를 했었지만 지금은 많이 다르다. 각자가 가지고 있는 힘도 동조가 되고 있었다.

지금 백성준 장군은 초월자의 능력을 넘어서 권능에 가깝게 변하고 있었다.

'조금 있으면 백장군님의 격이 더 높아지겠군. 그러면 사람

들의 의지를 장악하고 있는 존재라 할지도 쉽게 무너지지는 않을 것이다.'

존재의 의지에 기생시킬 수 있는 의지를 가진 존재라면 이미 신화의 반열을 넘어섰다 할 수 있었다.

권능을 자지고 있지 않으면 차원의 주재자에 가까이 다가선 그 존재를 상대할 수 없다. 집단화된 권능이라면 충분히 버틸 수 있을 것이기에 어느 정도 안심이 되었다.

백성준 장군의 능력이 신화에 가까운 권능이 된다면 그의 수하들도 덩달아 강해지니 말이다.

'백성준 장군의 휘하에 있는 특급 능력자들도 초월의 영역에 한발 걸치게 되면 여기를 수습하는 것도 그렇게 어렵지만은 않을 것 같군.'

상황이 좋은 방향으로 흘러가고 있었다. 백성준 장군의 권능이 높아질수록 이곳에 있는 통로를 막을 확률이 높았다.

'이제는 집으로 가 봐야겠군.'

몰래 빠져나온 상황이다. 어느 정도 수습이 된 상황이라 돌아가야 할 것 같다.

"이제부터는 장군님이 수습을 하십시오. 정부나 군부도 이곳의 사정을 잘 몰라 섣불리 다른 행동을 하지는 않을 테니 말입니다.

"가려는가?"

"말씀드리지 않고 왔습니다. 오후에 할아버님과 다시 오도록 하겠습니다."

"그러게. 기다리고 있겠네."

"그럼!"

팟!

백성준 장군에게 목례를 하고 공간 이동을 했다.

새벽녘이라 날이 밝기까지 얼마 남지 않았지만 집으로 들어
온 후 잠자리에 들었다.

"으음."

단잠이 들었다가 맛있는 냄새에 잠이 깨었다.

"어머니가 아침식사를 준비하고 있구나. 이렇게 정신없이 자
다니, 나답지 않은 일이다."

피곤해서 늦잠을 잔 것 같다. 경계조차 하지 않고 아무 생각
없이 자다니 있을 수 없는 일이다.

"어서 씻고 나가야겠다."

서둘러 욕실로 들어가 샤워를 하고 어머니가 준비해 놓으신
옷을 찾아 입었다.

방에서 나와 주방으로 가자 할아버지와 아버지가 기다리고
있었다.

"늦었습니다."

"아니다. 어서 앉아라."

"예, 아버지."

내가 자리에 앉자 어머니가 찌개를 식탁에 가져다 놓았다.

"어서 먹자."

할아버지가 수저를 드시는 것을 따라 식사를 했다. 어떻게 구하신 것인지는 모르지만 반찬도 그렇고, 된장찌개도 아주 맛이 있었다.

식사를 다 끝내고 설거지를 마치고 난 뒤 할아버지는 다급히 식구들을 한자리에 모이도록 했다.

"일이 터진 모양이니 이제 이곳을 비워야 할 것 같다."

"어디로 가실 겁니까? 아버지."

"백성준 장군에게로 갈 것이다."

"백성준 장군이요?"

"그래, 아무래도 큰일이 난 모양이다."

"으음, 정부에서 움직인 모양이군요."

"그래, 정확히 말하자면 군부에서 행동을 개시한 모양이다. 다들 장비를 모두 챙겨라. 어쩌면 이곳으로 다시 오지 못할지도 모르니 말이다."

"예, 아버지."

"예, 아버님."

무장을 갖추고 집을 나설 것이라는 할아버지의 말씀에 따라 다들 준비를 했다.

식구들은 방벽 밖에 있는 괴물들을 사냥하기 위해 마련한 장비를 전부 착용했다. 나도 식구들을 따라 장비를 착용해야 했다. 예비용으로 마련한 것들이었다.

갑옷 형태의 방어구와 각종 무기들을 착용하고 나니 마치 전쟁터로 나가는 장군들 같았다.

그렇게 완전무장을 하고 식구들 전부가 집을 나섰다. 백성준 장군에게 가는 것이었다.

할아버지가 도시 서쪽으로 간다고 말씀해 주셨다.

내가 잠든 사이에 백성준 장군의 연락이 있었다는 것을 짐작할 수 있었지만 내색은 하지 않았다.

"서쪽 구역까지는 이대로 이동을 해야 할 것 같다."

"그렇군요."

도로 위에는 차량들이 하나도 없었다. 간간이 검문소가 보이는 것을 보면 정부에서 차량의 운행을 전면 중지한 것 같다.

'이상하군. 검문소는 보이지만 사람은 하나도 보이지 않으니 말이야.'

텅 빈 검문소와 차량이나 사람하나 없는 도로를 보니 이상해 감각을 확장시켰다.

'어느새 전부 이동을 시킨 건가? 대응이 꽤나 빠르군.'

카오스를 간직한 이들이 움직이고 있었다. 그리고 한쪽은 꽤나 많은 이들이 집결해 있었다.

이동을 하고 있는 이들은 백성준 장군 쪽으로 움직이고 있는 이들이고, 집결한 쪽은 정부 쪽이었다. 자기 전의 일로 인해 정부가 한 발 앞서 움직인 것 같았다.

'내가 늦잠을 잔 것 때문에 우리 식구들이 제일 늦은 모양이구나.'

백성준 장군이 있는 쪽으로 움직이는 이들 중에 우리 식구들의 거리가 제일 멀었다. 나 때문에 제일 늦은 모양이다.

"차훈아, 아무래도 빨리 이동을 해야 할 것 같은데 괜찮겠니?"

"후후후, 걱정하지 마세요, 어머니."

"그래, 어멈아. 차훈이는 걱정하지 않아도 된다. 내가 먼저 갈 테니 뒤를 따라 오너라."

"예, 아버님."

할아버지의 말씀에 어머니도 안심하는 눈치였다.

"가자."

팟!

파파팟!

할아버지가 먼저 신형을 움직였고, 부모님과 나는 그 뒤를 따랐다.

'사태를 파악하기 위해 조사할 자들을 보내는 모양이구나.'

이동하는 와중에 정부군 쪽에서 서쪽으로 이동하는 일단의 무리를 파악할 수 있었다.

상당히 강한 능력을 지닌 자들이었다. 새벽에 기습을 위해 선

두에 섰던 자들보다 보유하고 있는 카오스의 양이 많았다.

'아직 알려져서는 곤란하니 저들을 처리해야겠구나.'

상황 파악을 위해 정부에서 보낸 자들이 분명하기 처리하기로 했다.

'으음, 저들도 피해자로군. 꽁꽁 숨어서 피해자들만 움직이도록 하는 것을 보면 뭔가 이상하다는 것을 알아차린 모양이군.'

기감을 펼쳐 확인을 해보니 서쪽을 향해 아주 빠르게 움직이고 있는 자들도 세뇌를 당한 자들이었다.

'죽이는 것보다 정신을 차리게 하고 카오스를 변화시켜 움직이지 못하게 하는 것이 좋겠다.'

세뇌를 풀고 기생하는 자아를 소멸시켰던 상황은 이미 인과율 시스템에 기록이 되어 있는 상태다. 나와는 멀리 떨어져 있지만 인과율 시스템으로 인해 의지만으로 충분히 처리를 할 수 있는 상황이다.

의지만으로 공간을 격해 이동하는 자들의 의식 속으로 에테르를 심었다. 인과율 시스템을 이용하는 것이라 아주 쉽게 파고들 수 있었다.

새벽녘과 마찬가지 상황이 벌어졌다. 기생하던 의지를 소멸시키자 모두들 본성을 되찾았다. 인과율 시스템을 사용했기에 새벽녘 보다는 아주 빠르게 처리할 수 있었다.

— 한잠 푹 잔 후에 서쪽으로 오면 된다.

카오스가 변화하고 쓰러진 자들의 의식 속에 의지 하나를 심었다. 아직 적응이 되지 않았기에 잠을 잔 후에 백성준 장군 진영으로 오라는 의지였다.

파파파팟!

처리를 끝낸 후 이동하는 데 집중을 했다. 걱정이 되는지 연신 뒤를 돌아보는 어머니 때문이었다.

우리는 아주 빠른 속도로 이동을 했는데, 차량을 이용하는 것보다 훨씬 빨랐다.

그렇게 20여 분을 달린 후 백성준 장군의 위수 지역 근처에 도착할 수 있었다. 아주 빠른 속도였기에 다른 이들보다 빨리 도착할 수 있었다.

본래의 위수 지역보다 훨씬 밖으로 나온 지역에 푸른색의 장막이 쳐져 있는 것을 보고 멈춘 할아버지는 주변을 둘러보았다.

"제대로 연락이 닿았던 모양이군."

백성준 장군이 쳐 놓은 결계 밖에 도착해 안으로 들어가려는 이들은 우리만이 아니었다. 많은 수의 사람들이 우리 식구들처럼 완전무장을 한 채 속속 들어가고 있었다.

"전쟁이라도 할 모양 같네요."

어머니가 불안한 듯 말씀하셨다.

"오늘 새벽에 군부와 충돌이 있었다. 정부군이 몰래 기습을 해왔던 모양이다. 만약의 사태에 대비를 하는 것이겠지."

"그렇군요. 아버님. 그런데 다들 우리에게 인사를 하네요."

어머니 말씀대로 우리 식구들을 본 사람들이 가볍게 목례를 하고 지나쳤다.

그동안 방 안에 칩거했던 어머니는 할아버지가 겨레회라는 민간인 조직을 이끌고 있다는 것을 모르시는 것 같았다.

"지금 이곳으로 모여들고 있는 이들은 모두 내가 이끌고 있는 겨레회의 회원들이다."

"전에 만드신다고 하시더니…… 다들 표정이 심각한 것을 보면 정부와 전면전을 하게 되는 건가요? 아버님."

"지금으로서는 확실치가 않다, 어멈아. 몰래 기습을 하려다 정부군이 큰 손해를 봤으니 말이다. 하지만 그렇게 될 확률이 높은 것 같다. 배후에 있는 자들이 나설 수도 있으니 말이다."

"그렇군요."

"이제 거의 다 온 것 같으니 우리도 어서 들어가자."

"예, 아버님."

대부분 도착을 했는지 사람들의 모습이 많이 보이지 않았다. 대부분 도착하자마자 안으로 들어간 모양이었다.

우리 식구들도 할아버지의 말씀에 따라 결계 안으로 들어섰다. 많은 수의 군인들이 검문소에서 들어온 사람들의 신분을 확인하고 있었다.

신분을 확인하는 절차는 간단했다. 손등을 보여주면 작은 스캐너를 비췄는데 금방 판별이 되었다.

행동 지침이 내려진 듯 신분 확인이 끝난 사람들은 군인들의 지시에 따라 세 방향으로 흩어져 안쪽으로 이동을 했다.

척!

우리 차례가 되자 군인들 뒤에 있던 이가 나섰다. 세 개의 무궁화를 단 장교는 할아버지를 향해 경례를 했다.

할아버지가 목례로 경례를 받자 장교가 말했다.

"어서 오십시오. 늦으셨습니다. 본부에서 장군님이 기다리고 계십니다."

"안내해 주게."

"예, 어르신."

장교는 앞장서서 우리 식구들을 안내하기 시작했다. 걸어서 5분 정도 거리에 있는 큰 건물로 안내된 우리는 10층으로 올라가 백성준 장군을 만날 수 있었다.

"하하하, 어서 오십시오."

"어떻게 된 일인가?"

"아무래도 놈들이 본격적으로 움직일 생각인 것 같습니다. 어르신."

"새벽에 기습을 해왔다고 들었는데, 피해는 얼마나 되나?"

"손자 분이신 차훈 군 덕분에 별다른 피해 없이 수습할 수 있었습니다."

"차훈이가 나섰단 말인가?"

할아버지가 놀란 눈으로 나를 보신다.

"죄송해요. 이쪽이 급박해지는 것 같아서 말씀을 드리지 못했어요."

"아니다, 도움을 주었다니 다행이다. 하지만 다음부터는 꼭 말 해주었으면 좋겠다."

"예, 할아버지."

어머니가 궁금해 하시는 표정으로 할아버지와 나를 바라보셨지만 대화의 주제는 금방 옮겨졌다.

"그나저나 백장군의 성취가 높아진 것 같군."

"하하하, 이것도 모두 차훈 군 덕분입니다."

백성준 장군의 말에 할아버지가 다시 나를 보신다.

"차훈아, 벌써 시작한 것이냐?"

"기습을 해 온 자들과 싸우다가 깨달은 것이 있어서 도움을 드릴 수 있었어요."

"이제 카오스를 완벽하게 다룰 수 있는 것이냐?"

"완벽까지는 아직 멀었고, 이제 어느 정도는 다룰 수 있게 된 것 같아요."

"시간이 조금 걸릴 줄 알았는데 다행이구나."

할아버지가 고개를 끄덕이며 만족스러운 표정을 지으셨다.

"하하하. 어르신, 그것만이 아닙니다. 차훈 군이 사람들에게 걸린 세뇌를 풀 수 있는 방법도 찾아냈습니다."

"으음, 사실이냐?"

"기습을 해왔던 특급 능력자들과 군인들에게 걸린 세뇌를 전부 풀기는 했지만 문제가 없는 것은 아니에요. 자신의 의지를 직접 심어 세뇌를 한 것을 보면 만만한 존재가 아닌 것 같으니까요."

"만만하지 않다면 세뇌를 건 존재가 하나라는 말이로구나."

"그래요. 할아버지."

"배후에 있는 존재들 중 하나가 그 정도라면 앞으로 힘들지도 모르겠구나."

"사람들에게 걸린 세뇌를 푸는 것은 어렵지 않지만 직접 나서게 된다면 큰 희생이 따를지도 몰라요."

"방법은 있는 것이냐?"

"세뇌를 전부 풀고 스승님께서 남기신 것을 각인시키면 어느 정도는 버틸 수 있을 거예요. 사람들이 버티고 있는 동안 놈들을 찾아 소멸시키는 것이 유일한 방법이에요."

"쉽지 않은 일이로구나. 최소한 초월을 넘어서 신격을 가진 존재들일 텐데 말이다."

"그래도 해봐야겠죠. 지금으로서는 유일한 방법이니까요. 다행스러운 것은 놈들이 저에 대해 알지 못한다는 거예요. 놈들이 머물고 있는 곳이 어디인지 정확하게 찾아낼 수만 있다면 승산이 없는 것도 아니에요."

"쉽게 찾을 수는 없을 거다. 우리도 그동안 심혈을 기울여 찾아봤지만 꼬리조차 찾을 수 없었으니 말이다."

"그것은 걱정하지 마세요. 놈들이 은신처를 나와 움직이고 있는 것 같으니까요."

"벌써 움직이고 있다는 말이냐?"

"전부는 아니고 일부만 나와 새벽에 벌어진 일이 어떻게 된 일인지 찾고 있어요."

"으음, 머지않아 전쟁이 벌어지겠구나."

"시기가 문제지 벌어지기는 할 거예요. 최소한의 피해로 수습을 어떻게 할지가 관건이지만, 전쟁이 벌어져도 지지는 않을 테니 걱정하지 마세요."

"그래, 알았다. 백장군, 상황을 좀 보여 주게나."

고개를 끄덕이신 할아버지가 백성준 장군에게 말했다.

"예, 어르신."

백성준 장군이 손을 휘젓자 홀로그램이 나타났다. 그동안 권능이 성장한 듯 위수지역만 비치던 홀로그램이 도시 전체를 보여주고 있었다.

백장군은 지금의 상황을 하나하나 설명해 주었다. 정부군의 현황과 예상되는 이동 경로를 비롯해 아군의 대응 계획도 빠짐없이 설명했다.

"한일회에 속한 이들도 움직이고 있나?"

"그렇습니다. 저기를 보십시오. 정부 청사를 중심으로 모이기 시작하더니 어느새 집결을 끝냈습니다."

정부 청사 인근에 무수히 많은 붉은 점들이 뭉쳐 있었다.

"한 발 빠르군."

"그건 아닌 것 같습니다. 우리에 대한 습격이 시작된 후 곧바로 모이도록 한 것 같습니다."

"이동하는 이들이 없는 것을 보면 그런 것 같군."

홀로그램을 보면 빛을 내는 하얀 점들은 이곳을 향해 이동하고 있었지만, 정부 쪽에서는 움직이는 자들이 없었다. 이곳으로 오며 처리한 자들과 연락이 되지를 않아 정부 쪽에서 자제를 하는 것 같았다.

"한일회가 모여 있는 곳의 위치를 볼 때 공격과 방어를 이원화한 것으로 보입니다. 공격은 군부에서 그리고 일회의 인물들은 통로를 지키려는 것이 분명합니다."

"그런 것 같군."

백성준 장군의 말처럼 붉은 점들이 이원화 되어 있었다.

하나는 정부 청사가 있는 곳을 중심으로 뭉쳐져 있었고, 다른 하나는 원을 그리며 바깥에 위치해 있었다.

바깥에 있는 붉은 점들이 부산한 것으로 봐서는 공격을 준비하고 있는 것이 틀림없었다.

"공격 시기는 아직 예측이 되지를 않습니다."

"자네라면 금방 알 수 있을 텐데 그렇지 않다는 것은 아직 결정을 내리지 못한 모양이군."

"아무래도 오늘 새벽에 있었던 기습이 실패한 이유를 찾지 못해서인 것 같습니다."

"그렇겠지. 손쉬울 것이라 생각했는데 완벽하게 실패를 했으니 말이야. 그렇지만 정찰까지 하지 않은 것을 보면 이상하군."

백성준 장군이 방어하는 곳 근처에는 붉은 점이 하나도 보이지 않았다. 그렇다고 이쪽으로 이동하고 있는 이들을 막는 것도 아니었다. 움직이는 하얀 점이 몇 개 없었지만 주변에 붉은 점들이 하나도 보이지 않고 있었다.

　"으음."

　"뭐지?"

　홀로그램 위로 뜻밖의 변화가 나타났다. 정부군이 있던 지역의 중심이 검게 변하더니 빠르게 세력을 넓혀 가고 있었다. 더 이상 붉은 점은 보이지 않았고, 온통 검은색으로 물들었다.

　"놈들이 나선 모양이군."

　"제 권능을 차단하고 결계를 친 것을 보면 그런 것 같습니다. 어르신."

　"아쉽게 됐군. 움직임을 파악하면 많은 도움이 되었을 텐데 말이야."

　백성준 장군이나 할아버지나 아쉬운 표정이다. 정보의 부재는 위험을 동반하니 그럴 것이다.

　"장군님, 잠시 제가 개입을 해도 되겠습니까?"

　"자네가 말인가?"

　"잘 하면 놈들이 어떻게 움직이는지 파악이 가능할 거 같습니다."

　"피해를 최소화하는 것이 좋으니 그렇게 하게."

　"그럼."

백성준 장군의 승낙이 떨어졌기에 앞으로 나가 홀로그램에 손을 댔다.

검은 그림자가 희미해지더니 안에서 움직이고 있는 붉은 점들이 나타났다.

"으음, 차훈아. 놈들의 의지를 파고들어 안을 볼 수 있다니 놀랍구나."

"기대는 하고 있었지만 이 정도라니 저도 놀랍습니다."

놀라시는 두 분을 보니 괜히 쑥스럽다.

사실 내가 한 일은 별거 아니다. 백성준 장군의 권능을 이 세계의 인과율 시스템에 접속시킨 것뿐이다.

백성준 장군의 격이 급격하게 상승할까봐 의식과 집적적인 접촉을 차단하느라 조금 힘들었을 뿐 아주 쉬운 일이었다.

"전력이 조금 달리기는 하지만 이렇게 되면 우리가 우위를 점할 수 있습니다. 특히나 어제처럼 차훈군이 세뇌를 풀 수만 있다면 피해를 최소화할 수 있을 것이고 말입니다."

"차훈아, 가능하겠느냐?"

"세뇌를 푸는 것은 불가능한 일이 아니지만, 문제가 조금 있습니다, 할아버지."

"문제라니 무슨 말이냐?"

"세뇌가 걸리지 않고도 동조하는 자들이 문제입니다."

"본래부터 그들의 편에 서서 움직인 자들을 말하는구나."

"그렇습니다. 한날한시에 군인들을 이곳으로 넘어오게 만든 존재들은 악착같이 싸울 테니 그것이 우려됩니다."

"으음."

대한민국의 군부대가 대부분 게이트를 탐사하기 위해 몰려갔다. 그리고 모두 이곳으로 넘어왔다.

자원을 탐사하기 위한 명분이 있다고는 하지만 분단 상황에서 전력의 대부분을 집중하는 것은 누가 보더라도 정상이 아니다. 누군가 의도하지 않는 한 있을 수 없는 일인 것이다.

군인들 대부분이 이곳으로 넘어와 세뇌가 되었다. 배후에 존재하는 이들이 했다고는 하지만 도움을 준 자들이 있었을 것이다. 갑자기 이계로 넘어와 혼란스러웠을 군인들은 통제한 자들말이다.

그들은 세뇌가 된 존재들이 아니었을 것이다. 당초부터 배후의 존재들과 협력했던 자들이었을 것이다. 에테르가 가득한 지구에서 카오스를 품고 있었던 자들 말이다.

그런 자들이라면 초월의 경지에 들어섰을 것이 분명했다. 상극의 에너지인 에테르의 침입을 방어해 내며 그런 일을 도모했을 테니.

더군다나 이곳에 온 모든 이들이 카오스를 품게 되었다. 먼저 넘어온 군인들은 물론이고, 나중에 넘어 온 민간인들까지.

배후의 존재가 그렇게 했겠지만 도움을 주는 자들이 없었다면 이것 또한 불가능한 일이다. 인과율 시스템이 완전하지 않았던 이곳에서 배후의 존재가 권능을 쓰려면 초월자들과 연결이 되어 있어야 가능했을 테니 말이다.

그런 초월자들이 작정하고 나선다면 큰 피해가 발생할 것이 분명했다.

백성준 장군이나 할아버지도 이런 상황을 어느 정도 짐작을 하고 계신 것 같았다.

"놈들을 처리하는 것이 우선이겠군."

"그렇기는 하지만 쉽지 않은 일입니다, 어르신. 세뇌에 걸린 군인이나 민간인들과 같이 움직일 테니까요. 마치 인질처럼 말이죠."

"인질이라니 무슨 말인가?"

"권능이 생긴 후 지금까지 조사를 했습니다. 습격이 실패한 것을 안 후 놈들은 곧장 세뇌된 사람들을 소집했고, 금제를 가한 것 같습니다."

"금제라니?"

"제 권능에 충격을 줄 정도로 강한 정신 파장이 느껴졌던 것으로 봐서는 정신 계열의 금제 같습니다."

"큰일이군."

"세뇌가 풀리면 곧바로 정신 금제를 작동을 시킬 테고, 그러면 모두가 죽음뿐이겠군. 연결된 네트워크를 통해 스위치를 끄는 것이나 마찬가지니까 말이야."

"그럴 확률이 높습니다. 세뇌가 풀리는 순간, 적이나 마찬가지인 상황이 될 테니까요."

"그렇겠지."

할아버지가 한동안 심각한 표정을 지으시더니 나를 바라보신다.

"차훈아, 방법이 없겠느냐?"

"어떤 금제인지 지금으로서는 확실히 알 수 없으니 조사를 한 번 해봐야 할 것 같습니다."

"조사를 하면 해제한 방법을 찾을 수 있겠느냐?"

"어떤 금제인지는 모르겠지만 아마도 찾을 수 있을 것 같습니다, 할아버지."

"그럼 부탁하마."

"걱정하지 마세요."

내가 승낙을 하자 불안한 눈빛으로 대화를 듣고 계시던 어머니가 나섰다.

"아버님!"

"왜 그러냐? 어멈아."

"지금 차훈이 보고 적진으로 가서 금제가 어떤 것인지 알아오라는 말씀인가요?"

"지금으로서는 차훈이밖에는 할 사람이 없구나. 어멈아."

"그렇지만 너무 위험하잖아요. 아버님."

"허허허."

아들이 그리워 몇 년을 방에만 칩거했던 것을 알기에 할아버지는 헛웃음만 지으셨다.

"어머니, 괜찮아요."

어머니의 손을 잡고 눈을 바라보았다.

"차, 차훈아."

"어머니, 이 세계의 그 누구도 지구로 직접 갈 수 없는데 전할 수가 있어요. 무슨 뜻인지 아시겠어요?"

"그, 그게 무슨 말이니?"

"이 세계에서 저를 어떻게 할 수 있는 존재가 없다는 뜻이에요. 그것이 신이라고 하더라도 말이죠."

"저, 정말이니?"

"할아버지, 말씀 좀 해주세요."

할아버지를 바라보며 응원을 요청했다.

"차훈이 말이 맞다. 나조차 차훈이의 상대가 되지 않는다면 믿겠니, 어멈아?"

"아버님도요?"

"그렇단다."

"맞습니다. 차훈 어머니. 저조차 차훈군에게는 아무것도 아닌 사람입니다. 조금 전에도 보셨지요. 내 능력을 아무렇지 않게 간섭한 것도 그렇고, 배후의 존재들이 친 결계를 아주 손쉽게 뚫어버린 차훈 군입니다. 안전할 테니 너무 걱정하지 않으셔도 됩니다."

백성준 장군이 에를 들어가며 설명을 하자 떨리고 있던 어머니의 몸이 진정이 되었다.

"걱정하지 마세요. 엄마. 난 아무렇지 않을 테니까."

어머니를 만난 후 계속 존대를 해오다가 평범하게 부르며 안심을 시켰다.

"조심해야 한다. 다치면 절대 안 되고."

"하하하, 그럴게요."

새끼손가락을 내미는 어머니 손을 보며 나도 손가락을 걸며 약속을 했다.

"어머니가 많이 걱정을 하시니까 빨리 다녀와야 할 것 같네요, 할아버지."

"그렇게 하도록 해라. 위험하다 싶으면 머뭇거리지 말고 곧바로 돌아오도록 하고."

"예, 할아버지."

팟!

대답과 동시에 공간 이동을 했다. 내가 이동을 한 곳은 놈들이 결계를 친 안쪽이었다.

승리하리라 예상했던 것과는 달리 한 명도 귀환하지 않은 사태로 인해 비상이 걸린 정부는 긴급조치를 취했다.

긴급히 능력자들을 투입시켰지만 백성준 장군 쪽으로 간 자들 중에 연락을 취하거나 돌아오는 자가 없었기에 미리 준비된 조치를 취해야 했던 것이다.

상황이 심각하다는 것을 인식한 수뇌부는 세뇌가 된 모든 이들을 소집하고, 동조 세력을 모두 집결시킨 후 사태 파악에 들어갔다.

조치를 취한 수뇌부는 사태를 지켜보며 지금까지 일어난 상황들을 배후의 존재들에게 보고했다.

군부를 이끌고 있어 부의 실질적인 수장이라고 할 수 있는 장세준은 호된 질책을 받아야 했고, 배후의 존재들이 내리게 될 징벌을 기다려야 했다.

지금도 집무실에 앉아 배후의 존재들에게 연락이 오기를 기다리며 지금까지의 상황을 복기했다. 그렇지만 아무런 결론을 내릴 수 없었다.

차훈이 나타나 상황이 변하고 백성준 장군과 그를 따르는 이들이 자신의 예측보다 훨씬 많이 변했다는 것을 모르고, 지금까지 군부에서 조사한 것을 기반으로 사태를 파악하려 애를 썼기 때문이었다.

결론이 내려지지 않자 장세준은 징벌이 내리기를 기다리며 두 번째 조치를 취했다. 사태 파악이 잘 되지를 않아 사람들을 파견했지만 이들마저도 감감무소식인 탓에 혹시나 하는 생각에 취한 조치였다.

제일 먼저 한 조치는 세뇌한 이들의 의식에 다시 정신 금제를 거는 것이었다. 그리고 자신들을 비롯해 원래부터 배후의 존재를 따르는 이들에게 걸려 있던 봉인을 해제했다.

그리고 마지막으로는 자신의 진영에 결계를 쳤다. 그야말로 최악의 상황을 생각한 극단의 조치였다.

'골치 아프군. 갑자기 연락이 두절되고 지금까지 아무런 보고가 없으니 말이야. 백성준의 능력 때문인 것 같아 결계까지 치기는 했지만 너무 과한 조치가 아니었는지 모르겠군.'

장세준으로서는 걱정이 되지 않을 수 없었다.

결계를 치는 것은 보유하고 있는 마정석을 대부분 소비하는 조치였다. 상황이 전혀 파악되지 않아 긴급하게 처리를 했지만 과한 조치였다면 심각한 상황을 맞이하게 되기 때문이다.

마정석을 기반으로 돌아가는 도시였기에 자칫 기능이 마비될 수도 있었던 것이다.

"으음."

생각을 정리하지 못해 골치가 아팠던 장세준은 머릿속을 울리는 느낌에 자세를 바로하고 앉았다.

— 부르셨습니까?

— 이번 사태가 심각한 만큼 너에 대한 처벌은 잠시 뒤로 미루겠다.

— 감사합니다.

— 결계를 친 것 같은데 어떻게 된 일이냐?

— 아무래도 백성준의 능력이 신장해 권능을 얻은 것 같기에 결계를 쳐 차단을 했습니다.

— 백성준에게 권능이 생겼다는 말이냐?

— 그런 것 같습니다. 조사를 위해 보낸 자들도 하나 같이 연락이 되지 않아 조치를 취할 수밖에 없었습니다.

— 잘한 일이다. 세뇌를 담당했던 아벨이 의식을 잃은 것을 보면 금제가 풀린 것 같으니 말이다.

— 아벨 님이 의식을 잃다니…….

장세준은 자신이 취한 조치가 결코 과하지 않았음을 알 수 있었다.

이 세계와 지구를 연결하고 있으며 신화의 권능을 가지고 있는 아벨이 의식을 잃을 정도라면 백성준 측에도 신화의 힘을 가진 존재가 있다는 뜻이었기 때문이다.

— 공격할 준비는 되었느냐?

"말씀하신 대로 봉인을 해제한 지 얼마 되지 않아 조금 더 있어야 준비가 될 것 같습니다."

— 최대한 서둘러라. 세뇌한 자들을 모두 희생하는 있더라도 어떤 존재들이 저쪽 진영에 있는지 파악을 해야 한다.

"명심하고 최대한 빨리 파악을 하겠습니다. 하지만……."

막강한 권능을 가지고 있는 아벨의 의식을 잃게 할 정도라면 상대가 되지 않을 수도 있기에 장세준이 말끝을 흐렸다.

— 어떤 존재인지 파악이 되기만 하면 우리가 나설 것이다. 이번 기회에 걸리적거리는 것은 모두 쓸어버릴 것이니 말이다.

"알겠습니다. 최선을 다하겠습니다."

― 기다리고 있을 테니 수시로 보고를 하도록 해라.

"예, 카인 님."

장세준은 보이지 않는 카인이라는 존재를 고개를 숙였다.

"빨리 움직여야겠군."

교신이 끊어진 것을 확인한 장세준은 자리에서 일어나 집무실을 나섰다.

집무실을 나선 후 군부의 수뇌부들이 기다리고 있는 회의실로 장세준이 들어서자 모두 자리에서 일어났다.

"준비가 되는 대로 놈들에 대한 공격을 개시한다. 목표는 한 놈도 남기 없이 전부 말살하는 것이다. 배후에 있는 존재들이 파악되면 카인 님이 나서기로 했으니 정보를 얻는 데 최선을 다해야 할 것이다."

"충!!"

밖에서 기다리고 있던 수뇌부들이 일제히 복명을 했다. 수뇌부를 이루는 장군들이 빠르게 회의실을 빠져나갔다.

준비는 빠르게 이루어졌다. 카인이 개입하자 경계 내부의 카오스 농도가 아주 진해졌고, 봉인이 해제된 이들이 빠르게 안정을 되찾을 수 있었던 탓이었다.

안정을 되찾은 이들과 함께 각자의 부대로 돌아간 장군들은 정신 금제를 가한 부하들의 의식과 자신의 의식을 연결시켰다. 봉인이 해제되어 카오스를 마음대로 쓸 수 있게 된 이들도 마찬가지였다.

장군들이 서버라면, 봉인이 해제된 자들은 단말기라고 할 수 있는 군인들과 노드가 되어 동시에 정신이 감응하는 네트워크를 구축했다.

명령과 행동이라는 정신 반응이 동시에 이루어지는 네트워크를 구축한 장군들은 장세준의 지시에 따라 서쪽을 향해 진격을 했다.

장세준은 정부 청사에 남아 이들을 총괄 지휘하는 것과 동시에 남아 있는 민간인들은 지휘하는 역할을 맡았다.

봉인이 해제된 자들은 3급에서 1급까지 다양한 단계의 능력을 가지고 있는 군인들과는 완전히 달랐다. 하나 같이 특급 능력자를 넘어가는 가공할 실력을 지니고 있었다.

봉인이 해제되어 지휘하는 자들은 반 정도가 군인들이었고, 나머지는 민간인들이었다. 민간인들이기는 하지만 정부에 소속된 중하위급 공무원들이 본래의 모습을 드러냈던 것이다.

자신이 배정된 곳으로 간 그들은 감정이라고는 전혀 없는 날카로운 신광이 번득이며 전투준비를 했다.

기습을 펼치러 갔다가 돌아오지 않는 이들을 제외한 나머지 군인들 전부가 편제되는 일이었지만 아주 빠르게 끝이 났다.

봉인이 해제된 이들이 자신에게 배당된 군인들의 정신과 자신의 의지를 일체화시켰기 때문이었다.

정신감응으로 연결이 된 탓에 휘하 부대에 대한 지휘는 빠르게 이루어졌다. 불과 두 시간 만에 전투 장비를 모두 갖추고 각자 맡은 곳을 향해 진군을 개시 할 수 있었다.

부대는 모두 1,000개로 나뉘어져 이동했다.

정신을 감응시킨 덕분에 각자 독립된 부대이면서 전체가 하나의 네트워크로 연결이 되어 있어 혼란은 하나도 일어나지 않았다.

40만 명에 가까운 대군이 움직이는 일이었다. 마치 개미 떼가 퍼져나가듯 신속하고 빠르게 움직여 나갔다. 출발을 할 때만 제외하고 전원 능력자로 이루어진 탓에 이동속도는 상당히 빨랐다.

제8장

공간 이동을 통해 목적지에 도착하는 순간, 이미 부대의 이동
이 시작되고 있었다.

'부대가 딱 천 개로 이루어졌군. 이동속도도 빠르고, 일사분
란하게 움직이는 것을 보면 완벽하게 동조를 하고 있구나.'

1개 부대 당 400명이 편제되어 있었다. 40만 명의 인원이 빠
르게 퍼져나가는 모습은 장관이 아닐 수 없었다.

'대단하군. 지휘하는 자들이 불과 1,000명이라고는 하지만
전부 능력자다. 이들 전체를 하나의 의식 아래 제어한다는 것은
쉽지 않은 일일 텐데 말이야.'

저들을 지휘하는 배후 존재의 권능이 보통이 아니었다. 고위

급의 신격을 지닌 존재임이 분명했다.

'군인들이 하나같이 능력자인 것도 문제고.'

카오스를 품고 있는 덕분에 군인들 전원이 능력자다.

능력이 가장 떨어지는 자들과 맞추는 것 같은데도 이동 속도가 시속 40킬로미터는 되는 것 같다.

'일단 접근해 보자.'

백성준 장군의 권능을 카피한 상태다. 거기다 내 의지를 더하면 이동하고 있는 자들을 파악할 수 있을 것 같아 감각을 확장시켰다.

'으음, 전혀 감이 잡히지 않으니…….'

쉽지 않을 것이라고는 예상을 하기는 했지만 내 의지가 전혀 닿지를 않는다. 내 의지를 흩트리는 파장이 연실 흘러나오고 있어 방해를 하고 있는 중이다.

'흘러나오는 파장의 방해로 인해서 내 의지가 감지하지 못하는 것을 보면 단순한 정신 금제가 아니다. 일단 이동을 못하게 하는 것이 먼저다. 저런 속도라면 내가 방법을 찾기 전에 전투가 시작된다.'

정신 금제가 무엇인지 파악을 해야 하지만 시간이 걸릴 수도 있는 일이라 이동하는 것부터 막아야 했다.

곳곳에 숨어서 세뇌된 이들을 지휘하는 자들 처리하고 정신 금제와 세뇌를 푸는 것이 이번 일의 관건이다.

세뇌하는 방식이 본성에 기생할 수 있는 의지를 심어 제어하

는 것이었으니 군인들을 움직이는 방법도 비슷할 테지만 접근
조차 못하고 있으니 시간을 벌어야 했다.

'움직임을 저지하고 시간을 벌 수 있는 최선의 방법은 결계
를 치는 것이다. 하지만 카오스로 친 결계로는 저들을 절대 막
지 못할 테니……'

카오스를 쓰는 자들이다. 정신감응으로 인해 응집된 파워를
발휘한다면 내가 치게 될 결계의 카오스 자체가 흩어질 것이기
에 다른 방법이 필요하다.

'이번에 새롭게 변화된 에너지를 쓰자. 거기다 마지막으로
에테르의 원천까지 가미한다면 최소한 삼십 분 이상은 발을 묶
어둘 수는 있다.'

인과율 시스템을 활용해 에테르와 카오스가 하나가 된 에너
지를 이용해 결계를 치기로 했다.

쏴—아아아!

의지의 파장이 빠르게 퍼져 나가며 각 부대가 전진하고 있는
앞쪽에 5킬로미터 두께의 띠 형태를 이루는 결계를 쳤다.

'이 정도면 되겠군.'

카오스가 밀려나며 융합된 에너지가 안을 채우고 바깥쪽에는
배리어를 쳤다.

그리고 만에 하나 결계가 무너질지도 모르는 사태가 발생할
수도 있었기에 에테르의 원천이 곧바로 이동을 해 공간을 메울
수 있도록 했으니 시간은 충분히 벌 수 있을 것 같다.

'어떤 식으로 작동하는 금제인지 알아보자.'

본격적인 전투가 시작되기 전에 군인들을 지휘하고 있는 이들에게 어떤 금제가 걸려 있는 지 알아봐야 할 것 같다.

생각이 일자마자 내 주변에 1,000개의 에너지체가 생겨났다. 브리턴에서 사용되는 매직 미사일 마법을 변형시킨 것으로 내 의지가 접근하는 것을 방해하고 있었기에 만든 것이다.

형상을 갖추기는 했지만 물리적인 타격을 위한 것이 아니다. 내가 만든 이 에너지체는 저들에게 닿는 순간 의식 속으로 스며들게 된다. 매직 미사일이 아니라 소울 미사일이라고 할 수 있을 것이다.

'직접적으로 의식에 접근하는 것이니 최소한 어떤 방식으로 금제가 작동이 되는지 알게는 되겠지.'

소울 미사일이 정신에 타격을 주게 되면 걸려 있는 정신 금제가 발동할 것이 분명하다. 소울 미사일에 숨어 있는 내 의지가 금제가 발동이 시작하면 모든 것을 읽어내게 될 것이다.

그러면 금제가 어떤 역할을 하는지 알 수 있을 것이고, 해제하는 방법을 찾을 수 있을 것이다.

지휘하는 자들을 시야에 담았다. 내 의지의 접근을 막기 위해 특별한 파장을 흘리고 있어 타깃을 정하는 것은 어렵지 않았다.

― *가라!!*

소울 미사일이 각자 맡은 자들을 향해 날았다. 날아가는 동안 기척과 모습을 완벽하게 감추었다. 타깃을 지정해 유도하는 것이기에 실패할 확률은 제로다.

슈슈슈슈슈슈슈!

물리적 타격 없이 소울 미사일이 지휘하는 자들의 뇌리로 스며들었다.

'으음, 방어기제가 깔려 있는 건가?'

스며드는 것과 거의 동시에 소울 미사일이 소멸되었다. 지휘하는 자들이 잠시 멈칫 하더니 군인들이 일사분란하게 호위를 구축했다.

내가 발사한 소울 미사일을 완벽하게 방어한 뒤 즉각적으로 행동을 취하는 것을 보니 방어하기 위한 대책이 이미 서 있는 것 같다.

경계하며 주변을 살피더니 이내 다시 이동하기 시작했다. 조금 전과는 달리 20여 명의 군인들이 주위를 에워싸고 방어 진형을 구축한 후 아주 빠르게 움직였다.

'방어기제가 깔려 있어 봐야, 이미 기전을 전부 읽어냈으니 상관은 없지만…….'

찰나에 가까운 시간이었지만 어떤 것에 반응하고 어떤 식으로 방어하는지 이미 읽어낸 후다. 이상 징후를 느끼고 곧바로 방어체제를 작동시켰지만 우회로까지 파악을 끝낸 상태다.

'마치 해커 같군.'

회귀 전 비밀 연구소에 있을 무렵 해킹에 대해서도 배웠다. 일반적인 해킹과는 달리 정신에너지를 이용해 전자기기를 해킹하는 방법이다.

일반적인 해커들도 세계 최고를 달리던 러시아다. 정신능력 자들도 거의 세계 최강이라고 할 수 있는 자들을 보유하고 있던 블리자드는 해커들의 방식을 차용했다.

정신 능력자로 하여금 적 진영의 컴퓨터나 서버를 해킹하는 연구를 지속적으로 했다.

연구는 매우 성공적이었고 놀라운 성과를 얻어냈다. 컴퓨터 가 어디에 있는지 알기만 하면 능력자로 하여금 해킹하도록 해 정보를 얻었던 것이다.

실험체 중 만능 키트였던 나는 정신 능력자들이 전자기기를 해킹하는 연구에 실험체로도 쓰였다. 그리고 동원된 실험체중 가능 우수한 성과를 보였다.

소울 미사일이 스며든 이들은 각종 방화벽을 장착한 컴퓨터 나 다름없다. 사고 능력을 지닌 인간이기에 AI를 장착한 슈퍼컴 퓨터라고도 할 수 있지만 방어기제의 작동 방식이 완전히 읽힌 후라 방화벽이 완전히 열린 것이나 다름없다.

'권능이 가진 의지를 분산시켜 각자 나누어 가진 다음에 소 멸시켜 대항하는 방식이다. 내가 느꼈던 것과 다른 것을 보면 저들에게 기생하고 있는 의지는 최소한 둘이로군. '각각의 의 지가 충돌하면 존재로서의 의미를 잃어버리는 상황이 발생하는 데도 과감히 시도한 것을 보면 인성이라고는 하나도 남아 있지 않은 존재들이군.'

인간 본성에 기생하고 있는 것과 정신 금제에 기생하고 있는 의지가 완전히 달랐다. 결코 있을 수 없는 일이었다.

둘 다 신격을 가진 의지들이다. 충돌하게 되면 영혼은 물론 육체까지 붕괴되어 소멸되어 버리는 상황이 발생한다. 신격을 지니고 있어 인간을 한낱 소모품으로 생각하고 있는 것이 분명하다.

'이런 식의 금제를 가한 것을 보면 두 가지인데……'

상당한 희생을 각오한 전략이었다. 이는 두 가지로 생각될 수 있었다. 배후의 존재들이 지금의 상황이 아주 심각하다고 생각하고 있거나, 목적한 것을 이루어지는 것이 얼마 남지 않았을 때였다.

'아직 기운을 드러내거나 모습을 보이지 않는 것을 보면 후자다. 놈들이 통로를 완벽하게 뚫기 직전이군.'

외계와 내가 속한 차원을 연결하는 작업이 거의 끝나간다는 신호였기에 마음이 급해졌다. 나로서는 최대한 빨리 닫아야 하니 말이다.

'전부 소멸시켰다고 생각을 하겠지만. 후후후, 과연 그럴까? 조금 있으면 결계 가까이 들어서니 시작해야겠군. 저들을 구해야 다음 작업을 시작할 수 있을 테니.'

에너지체가 소멸되며 남긴 충격파로 인해 놈들은 아직 상황을 파악하지 못하고 있다.

에너지체 속에 숨겨 둔 내 의지가 자신들의 의식 속에 고스란히 남아 있다는 것을 알지 못하는 상황이다.

컴퓨터 바이러스처럼 교묘하게 놈들의 의식 속에 스며들어 동화된 후이니 전혀 알아차리지 못하고 있는 것이다.

결계를 놈들이 오고 있는 쪽으로 순간적으로 확장시켰다.

— 시작한다.

모든 것을 건너 뛰어 동화된 의지가 움직이기 시작했다. 카오스에 섞여들어 반응하게 만들었으니 정체를 안다고 해도 쉽게 지우지는 못할 것이다. 없애려고 하는 순간 바이러스처럼 무한 복제를 할 테니 말이다.

빠른 속도로 전진을 하던 40만 명의 군인들이 일제히 멈춰섰다. 내 의지가 움직이기 시작하자 곧바로 방어기제가 작동을 한 것 같다.

'후후후, 디도스 공격이라고 했던가?'

무한으로 반복하는 내 의지를 소멸시키다보니 자신과 연결된 군인들을 통제할 수 없게 되었을 것이다. 엄청난 양의 신호를 보내 과부하가 걸리게 함으로서 시스템을 마비시키는 해커의 공격 수단과 비슷한 결과가 나타난 것이다.

'이제 다음인가?'

군인들 전부가 내가 쳐놓은 결계 안으로 들어와 있는 상황이다. 제어가 되지 않기도 하지만 그렇지 않다고 해도 카오스와는 전혀 다른 이질적인 에너지장 안에 있으니 쉽게 움직일 수도 없을 것이다.

다시 한 번 소울 미사일을 생성했다.

슈슈슈슈슈슈슈!!

바이러스처럼 활동하는 내 의지를 소멸시키느라 구멍이 숭숭 뚫려버린 의식들을 향해 1,000개의 강력한 의지가 날아갔다.

퍼퍼퍼퍼퍼퍽!

— *까아아아아아악!*

금제를 작동시키는 의지를 소울 미사일이 꿰뚫자 처절한 비명이 느껴진다. 사념으로 전해지는 것이었지만 너무도 생생했다.

푸푸푸푸푸푸푹!

신격을 지닌 의지를 박살내 버리듯 해체하고 의식 깊숙한 곳으로 파고든 소울 미사일은 본성에 기생하고 있는 기생 의지까지 정확히 타격을 했다.

'의외로 반응이 없군.'

기습한 자들을 처리했을 때는 발악을 하는 것 같더니 이외로 쉽게 소멸했다.

'전에 일로 본체에도 타격이 갔던 모양이니 이대로 그냥 변화시키자.'

기회였기에 본성에 내 의지를 주입시키는 것과 동시에 인과율 시스템에 접속시켰다.

고—오오오!!

결계를 형성하며 안쪽에 펼쳐 놓았던 새로운 에너지들이 급

속도로 빨려 들어가기 시작했다.

순식간에 안에 있던 모든 에너지를 빨아들였다. 그것만이 아니었다. 결계를 무너트리더니 부서지며 흩어지는 에너지까지 빨아들이고 있었다.

소울 미사일을 맞아 본성을 되찾은 이들 뿐만 아니라 그들과 연결된 군인들까지 모두 변하고 있었기 때문이었다.

"컥!"

무려 40만 명이 변하고 있었기에 그 충격을 감당할 수 없어 피를 토하고 말았다. 내 의지도 연결이 되어 있어 융합된 새로운 에너지를 계속 공급해야 했기 때문이다.

'크으, 이대로는 제어가 안 된다, 그렇게 되면 모두 소멸하고 만다.'

얼마나 많은 에너지를 필요로 할지 모르는 상황이다. 자신이 가진 본성을 스스로 찾도록 만들었던 터라 내 의지로도 제어를 할 수 없는 상황이다.

— 터져라!

만약에 있을지도 모르는 사태를 대비해 안배해 놓은 에테르의 원천을 움직였다.

기폭 장치가 되어 있는 폭탄처럼 내 의지에 의해 스위치가 커지자 에테르의 원천에서 폭발하듯 에테르가 뿜어져 나왔다.

— 부탁한다.

에테르에의 원천에 대한 통제를 풀어버리는 일이었다. 이제는 모든 것이 내 통제를 벗어났다. 내가 믿고 있는 것은 나로 인해 완전해진 인과율 시스템이다.

에테르와 카오스가 만나 새로운 에너지로 승화했던 것과 세뇌된 이들이 본성을 찾기까지의 과정이 모두 인과율 시스템에 기록되어 있다.

기록되어 있는 것은 절대의 힘으로 조율할 수 있는 것이 인과율 시스템이다. 지금 벌어지고 있는 일들을 시스템이 인과율에 따라 최선의 상태로 조율할 수 있을 것이라는 믿음이 있어 스위치를 켰던 것이다.

결계가 무너진 탓 때문인지 에테르가 전체로 확산되고 있었다. 세상의 기반이 바뀌는 탓인지 생명이 있는 모든 것들이 숨을 죽였다.

갑자기 나타난 듯 하늘이 온통 먹구름으로 가려졌다. 장막이 쳐진 것처럼 순식간에 어둠이 찾아왔다.

번쩍!

우르르릉!

콰콰콰콰쾅!!

무수히 많은 번개가 세상을 강타했다. 무지개 색을 띤 뇌전들과 흑백의 뇌전이 교차하며 창공을 갈랐다.

의지와 심상의 공간에서 벌어졌던 일들이 현실에서도 벌어지고 있었다. 칠색의 뇌전을 뿜어내는 삼족오와 흑백의 뇌전을 뿜어내는 묵룡이 창공에 나타났다.

어둠의 장막 사이로 뇌전과 함께 나타나는 실루엣은 너무 커서 한 눈에 담기도 어려울 정도였다.

'으음.'

내 통제를 벗어난 에테르의 원천이다. 의식의 심상 속에서 자그마하게 구현되었던 삼족오와는 달랐다. 에너지가 의지를 가지고 실체화된 모습은 가슴이 떨릴 정도로 공포스러웠다.

묵룡도 마찬가지였다. 카오스가 의지를 가지고 실체화되었기에 심상 속에서 내가 느꼈던 것과는 천양지차였다.

콰—콰쾅!

콰르르르르!

번개를 뿜어내 상대를 공격하고 두 눈에서는 광선과 같은 기운이 뻗어 나와 상대의 몸을 꿰뚫었다.

천지사방으로 뇌전이 작렬하고 귀가 먹먹할 정도로 천둥이 울려 댔다.

두 존재로 인해 발산 되는 엄청난 에너지 폭풍이 세상을 휩쓸었다.

콰지지지직!

공간이 일그러지고 있었다. 서울과 같은 모습을 하고 있는 도시의 건물들이 공간의 비틀림으로 인해 균열이 가고 있었다.

'이러다가 제어가 안 되면 이 세상이 붕괴될 지도 모르겠군.'

시스템이 완벽해진 지 얼마 되지 않아서 그런지 두 존재를 제어하려고 애를 쓰는 인과율 시스템이 삐걱거리고 있었다.

천지가 개벽하기 전에 일어나는 전조인 양 세상이 비틀려 가고 있는 모습을 보면서 뭔가 해야 한다는 생각이 들었다.

두근! 두근!

생각이 일자 심장이 두근거린다. 미지의 존재가 자신이 남아 있다고 사념을 보내온다.

에테르와 카오스가 합쳐져 만들어진 에너지가 의지를 보내온 것이다.

― 너라면 가능하겠니?

― 카오오오오!

형상은 보이지 않지만 사념이 뇌리로 들어온다. 자신 있다고, 내보내만 달라고 울부짖는다.

― 그래, 가라!!

허락이 떨어지자 전신으로 융합된 에너지가 휘돈다. 12만 킬로미터, 지구를 두 바퀴 반이나 돌 수 있는 전신의 혈관을 찰나간에 채웠다.

다시 심장으로 돌아와 몸집을 키우고, 다시 혈관을 따라 자신의 존재감을 채운다. 한 바퀴 돌 때마다 정신이 고양된다.

그렇게 혈관을 돌고 심장으로 되돌아오는 일이 반복이 되며 정신은 내가 아닌 듯 붕 뜬다.

하지만 내 안을 휘돌고 있는 에너지는 정확하게 인식하고 있는 중이다.

사념을 듣고 전신을 순환해 다시 심장으로 돌아오는 과정은 진행될수록 형상을 갖춰간다.

'의지와 형상을 갖춘 것인가?'

네 개의 발과 아홉의 머리를 갖추고 녹색 빛 깃털이 선명한 모습의 영수가 심장에서 태어났다.

융합된 에너지가 전신에 가득하다. 멈춰 있는 것처럼 보이지만 순환하고 있는 것과 동시에 어느 곳이든 존재하고 있는 탓에 멈춰져 있는 것처럼 보인다.

빨리 내보내달라고 아우성치던 사념의 존재가 형상을 갖춘 이 일련의 과정은 찰나지간에 이루어졌다. 순환의 과정이 수를 헤아릴 수 없을 정도로 반복이 됐음에도 나에게 사념을 보내자 즉시 형상을 갖춘 것이다.

— 카오오오오!

번쩍!

내 몸이 녹색의 광채로 물들고 포효성과 함께 영수가 전신에서 튀어나갔다.

창공을 가로지르는 영수는 아홉 줄기의 광선으로 바뀌어 창공에서 다투고 있는 삼족오와 묵룡의 전신을 꿰뚫었다.

녹색의 광선이 몸통을 꿰뚫었음에도 두 존재에게서는 비명이나 신음이 흘러나오지 않았다. 가루처럼 부서져 사방으로 흩어졌기 때문이다.

두 존재가 사라진 자리에 내 몸에서 튀어 나온 영수가 오시하듯 세상을 내려 보고 있었다.

관조하듯 만물을 바라보는 모습이었다. 시간이 조금 지나자 영수의 몸집은 더욱 커지고 아홉 머리가 줄어들더니 하나로 합쳐지기 시작했다.

'인과율이 관여하기 시작했다.'

인과율 시스템이 작동하기 시작했는지 흔들리고 비틀어지던 공간이 안정되고 있었다.

포효성과 함께 내 몸에서 튀어나간 영수가 직접 인과율 시스템에 접속한 것이 느껴진다.

산산이 부서진 에테르와 카오스의 의지가 영수의 몸으로 흡수되면서 세상의 기반이 되는 에너지의 근간이 바뀌고 있었다.

우르르르릉!

정부 청사가 있는 쪽의 대지가 흔들리기 시작했다. 건물이 부서지고 땅이 흔들리며 거대한 괴수가 튀어나왔다. 괴수의 형상은 브리턴에서 보았던 샌드 웜을 닮아 있었다.

콰우우우우!

감각기관이라고는 하나도 없고, 날카로운 이빨이 잔뜩 나 있는 거대 괴수는 분노의 괴성을 토해냈다.

'으음, 보통 괴수가 아니다.'

단순한 괴수가 아니었다. 신화의 존재들에게서나 느낄 수 있었던 격이 보였다.

— 으아아아!! 모두 소멸시킬 것이다.

거대 괴수의 사념이 도시에 뿌려졌다. 어느새 정신을 차리기 시작한 군인들이 공포에 진저리를 쳤다.

그것은 자신들의 본성에 기생을 하며 이 세상을 지배했던 존재에 대한 근원적인 공포였다.

괴수의 실체를 알 수 있었다.

'저놈이 이곳과 지구를 연결하는 통로 자체로군.'

신화의 격을 가진 존재들의 의지를 가져다가 키메라처럼 덕지덕지 기운 놈이다.

의식을 잃고 있는 의지도 있었고, 부상을 당했는지 흔들리고 있는 의지도 있었다. 당황스러워하는 의지도 있었고, 광분해 미쳐 날뛰는 의지도 기워져 있었다.

부서져 파편으로만 남은 의지들을 기워서 억지로 존재를 유지하는 까닭에 마치 혼돈의 파편이나 카오스처럼 혼란스러웠다.

놈은 먹이가 되는 에테르를 갈구하고 있었고, 존재를 유지하는 카오스를 찾았다.

그러나 이 세상과 지구를 연결하는 통로는 단절이 된 상태다. 더군다나 남아 있는 에테르와 카오스가 없었다.

진공 상태에 놓인 지렁이처럼 온몸을 뒤틀며 괴로워하고 있었다.

놈이 발산하는 광기의 의지와 내 의지가 정면으로 마주쳤다. 입밖에 없는 괴수의 몸이지만 놈은 나를 노려보고 있었다.

광기로 물든 의지가 분노로 나를 노려보며 덕지덕지 기워져 있던 의지들을 먹어치우기 시작했다.

다른 의지들이 소멸해 가자 몸부림치던 괴수의 몸이 요동을 멈추고 점점 작아지기 시작했다.

창공에 떠서 아래를 내려 보고 있는 영수는 그저 관조하는 모습이다.

'후후후, 저건 내 몫이라는 말이냐?'

괴수의 몸이 사라지며 광기의 의지가 실체를 갖추고 있었다. 내 몸에서 튀어나간 영수는 그런 실체를 내가 처리하기를 바라고 있었다.

지금 실체를 갖추고 있는 존재는 버려진 세계를 관리하던 마나 마스터다. 창조주에게 버림받고 태초에서 혼돈의 힘을 빌려 카오스를 만들고 세계를 유지시킨 세 존재 중 하나다.

에테르를 파괴하고 그것으로 차원력을 흡수함으로서 존재의 가치를 지니는 그런 존재다.

기워진 의지를 모두 씹어 삼키자 실체가 완성이 됐다.

실체를 드러낸 존재는 팔과 다리가 기워지고, 전신에 꿰맨 자국이 선명한 인간의 모습을 하고 있었다.

― 크크크크, 내 모습이 괜찮나?

"그리 보기 흉하지는 않군."

― 크크크, 우리를 버리고 도망친 놈들보다는 났군. 자신들이 창조해 놓고 비명을 지르며 도망친 그 빌어먹을 놈들보다는 말이야.

"차원 신들에게 원망이 많았나 보군."

— 처음에는 원망을 했지만 지금은 그런 것도 없어. 그놈들 덕분에 새로운 세상이 있다는 것을 깨달았거든.

"그런 세상이 좋은가?"

— 한 번 겪어 보면 알지. 크큭, 심연의 밑바닥에서 기어 올라와 모든 것을 파괴할 때 느껴지는 그 고양감을 말이야.

"이미 돌이킬 수 없게 된 모양이군."

— 크크크, 뭘 돌이킨다는 말이지? 세상의 모든 존재들은 탄생과 소멸을 거듭하게 되어 있는데 말이야. 따지고 보면 이 세상이나 차원이라는 것도 마찬가지야. 창조되었으니 언젠가는 소멸의 길을 걷는 것이 당연한 이치 아니겠나?

"너희들이 소멸의 역할을 맡았다는 건가?"

— 역시 격이 다른 존재라 잘 아는군.

"재미있군."

— 재미있다고? 크크, 그거 재미있군. 질질 끌 것 없이 이제 끝을 내야겠지. 좀 더 재미를 보려면 말이야.

"시작하지."

— 조금만 더!

"뭘 기다리는 거지?"

— 네놈이 탄생과 소멸이라는 대차원이 정한 법칙을 역행해 이제 대가를 받아야겠지만 궁금한 것이 있어서 말이야.

"뭐가 궁금한 거지?"

─ 크크크, 네 놈이 가진 힘이 너무 궁금해. 우리가 수억 년을 준비해 온 안배를 단번에 뒤집어 엎은 것도 그렇고, 저기 나를 째려보는 저놈도 그렇고. 도저히 이 상황에서는 나타날 수 없었던 것이었거든.

"네놈이 말하는 대차원의 법칙이 만들어낸 것인지도 모르지."

　─ 그런가? 네 말대로 그럴 수 있겠군, 크큭. 그렇다면 할 수 없지. 내가 가진 존재의 의미대로 최선을 다하는 수밖에.

나도 잘 모르기에 답변을 해줄 수는 없는 일이지만 더 이상 캐묻지 않고 너무 쉽게 수긍을 하는 것이 이상하다.

'대차원의 법칙이라는 것이 놈들이 만들어낸 것이 아니라 진짜 있기라도 한 건가?'

지구나 이곳에 인과율이 있듯 차원들도 인과율 가지고 있다. 처음 창조된 의지에 따라 탄생하고 기나긴 세월동안 인과율에 따라 굴러가다가 소멸하는 법칙이 말이다.

그동안 인과율 시스템과 접속해 본 바로는 모든 외계가 하나로 묶인 거대 차원이라고 해도 별로 다르지 않을 것 같다.

슈─캉!

아무런 기운도 없이 얼굴로 쇄도한 카오스를 쳐냈다. 그동안 봐왔던 카오스가 아니다. 혼돈에서 흘러나온 에너지라고는 믿을 수 없을 정도로 정제되어 있었다.

'으음.'

드러냈던 실체마저 사라져 버렸고, 오직 의념만으로 카오스를 움직이고 있었다.

슈슈슈슈슝!

보이지 않는 카오스가 번개처럼 날아왔다. 느껴지지 않지만 공격이 닿는 순간, 내 손과 발은 어느새 그 앞에 있었고 나는 그것을 쳐냈다.

카카카카카캉!

카오스로 이루어진 공격에 담겨 있는 힘은 초월자가 내뿜는 힘의 크기를 훨씬 능가하고 있었다.

백성준 장군이나 할아버지라 할지라도 다가오는 순간 막기는커녕 한순간 먼지가 될 정도로 거대한 힘을 내포하고 있었다.

'이상하다. 어떻게 이런 거대한 힘을 자연스럽게 막을 수 있는 거지?'

카오스에 내포된 힘은 신들이 가진 권능의 크기를 능가했다.

그런데 별다른 힘도 들이지 않고 생각을 하지 않음에도 막을 수 있다. 그냥 자연스럽게 맞받아칠 뿐이다. 새롭게 얻게 된 에너지도 움직이지 않았다.

창공에 떠 있는 영수가 나보고 처리하라 재촉하지만 싸우고 싶은 마음이 생기지 않는다. 카오스와 부딪치며 전해지는 사념을 통해 마나 마스터가 지나왔던 길들이 온전히 느껴져서다.

'어찌 보면 불쌍한 존재인데…….'

의지만 남은 마나 마스터는 자신을 창조한 주인에게 버려진 존재다. 어찌 되었던 스스로의 힘으로 세계를 홀로 유지하고 지탱했던 존재다.

세계를 유지하는 마나 마스터였다고는 하나 권능을 초월한 힘을 뿌린 다는 것은 존재의 근원을 지탱하는 권능을 사용한다는 뜻이다.

이런 식으로 공격을 하다가는 끝내 소멸하게 될 것이다.

'으음, 처절하군.'

카오스에 담긴 힘이 더욱 커지고 있다. 빨리 소멸을 위해 자신이 가지고 있는 전부라고 할 수 있는 존재의 의미를 모두 쥐어 짜내는 것이다.

'소멸의 길을 택한 것 같구나.'

괴수의 몸에 파편처럼 존재하던 의지들도 마나 마스터가 세계를 유지하기 위해 만들어낸 아바타들일 것이다. 마나 마스터는 자신의 계획이 실패하자 아바타에게 나누어주었던 의지를 거두었다.

자신이 뿌려두었던 의지들을 되찾고 권능을 넘어서는 힘을 쏟는다는 것은 영원한 소멸을 바라는 것이다.

인간으로 치면 모든 것을 잃은 이가 스스로 죽지 못해 타인의 손에 죽기 위한 몸부림이다.

맹렬한 기세를 내뿜으며 삼족오를 상대하는 묵룡의 모습이 어쩐지 불안했었다. 그 때 이미 막대한 타격을 입었을 것이다.

나에게 모습을 드러내고 이렇게 덧없는 공격을 해대는 것을 보면 말이다. 모습을 드러내기 전에 이미 결심을 굳혔을 것이다.

'깨끗하게 소멸을 시키는 것이 나은 것인가?'

공격해 오는 카오스에서 느껴지는 슬픔에 의지가 움직인다. 생각이 일자 날아오던 카오스가 모두 차단이 되었다.

콰드득!

존재의 의미가 깨어지고 있다.

처절하게 생존하며 세계를 유지했던 거대한 존재가 종말을 맞았다.

"끝났군."

버림받은 세계의 주인이었던 마나 마스터가 영원히 사라져 버렸다. 완전히 소멸해 버린 것이다.

창공을 바라보자 내 할 일을 잘 끝마쳤다고 영수가 머리를 끄덕인다.

'빌어먹을 놈!'

모든 것이 내 뜻대로 됐지만 기분이 좋지 않다. 마지막으로 내가 남긴 사념의 여운을 남겨서다.

거대 차원에 적용되는 인과율이 어쩌면 내가 알고 있는 것과는 다를지도 모른다는 의심 말이다.

'저놈도 할일이 끝났나 보군.'

창공에 떠 있는 영수의 크기가 점점 작아지고 있다. 주먹만 한 크기로 줄어든 영수가 벼락 치듯 정수리로 내려앉았다.

그야말로 섬광이었지만 내려앉은 영수는 아무런 충격도 없이 정수리를 통해 안으로 스며들었다.

'스스로 처리를 한 모양이군.'

지구로 통하는 통로를 지키기 위해 모여 있던 자들 중에 스스로 카오스를 따르던 자들은 살아남은 이들이 하나도 없었다.

마나 마스터의 아바타들이 괴수라는 실체를 가지기 위해 모여 있던 인간들을 제물로 삼았기 때문이다.

'그나마 다행히 세뇌된 사람들을 건드리지는 않았군.'

살아남은 자들도 많았다. 모두가 세뇌된 이들이었다. 어째서 그냥 남겨 두었는지는 모르지만 나로서는 다행이다. 계획이 완벽하게 성공했으니 말이다.

'이곳부터 찾을 수 있어서 다행이었다. 통로를 열려고 했던 마나 마스터도 정상이 아니었고.'

가족들을 찾다가 우연히 찾을 수 있었다. 그렇지 않았다면 꽤나 고생을 했어야 했을 것이다. 제일 찾기 어려웠던 곳이었으니 말이다.

통로를 연결하고 있던 마나 마스터도 정상이 아니었기에 닫는 것도 쉬웠다.

'그나저나 외계와 연결이 된 다른 통로를 처리해야 할 텐데 큰일이군. 정상이 아니었던 여기가 이런데 다른 데는 쉽지 않을 것 같으니 말이다.'

지금에서야 겨우 하나의 통로를 막은 것뿐이다.

차원을 창조한 후 버려 버렸던 존재는 모두 셋이었으니 이제 두 개가 남았다. 짐작이기는 하지만 샴발라와 프리온에 외계와 연결 통로가 있을 것이다.

지금까지의 정황을 보면 양방향 소통이 되는데다가 완벽하게 연결이 되어 있는 것 같다. 통로를 완벽하게 연결했다는 것은 마나 마스터가 정상이라는 뜻과 다름없는 것이다.

여기에서는 정상인 상태가 아니라 쉽게 소멸시켰지만 다른 곳의 마나 마스터는 아닐 것이다.

한 세계의 최상위 신격이라고 할 수 있는 존재가 바로 마나 마스터다. 정상인 상태라면 그 어떤 존재도 승부를 장담할 수가 없는 것이다.

그리고 외계의 마나 마스터들이 무수한 세월 동안 준비해 왔던 전력도 만만하지 않을 것이 분명하기에 고민이 되지 않을 수 없다.

'내가 가지고 있는 힘이 마나 마스터에게 어느 정도 통용이 되는지 아는 것이 관건이 될 것이다.'

누더기처럼 기워진 의지를 가진 마나 마스터는 완벽하게 상대할 수 있었다.

타격을 하나도 받지 않은 것은 물론이고, 오히려 의지를 넘어 영성을 지닌 에너지도 얻을 수 있었다.

그렇지만 다른 마나 마스터를 이길 수 있다는 확신이 서지 않는다.

정상인 상태의 마나 마스터와 나를 객관적으로 비교할 수 없는 상황이다. 새롭게 얻게 된 에너지와 내가 가진 권능이 얼마나 통용되는지 알아야 할 필요가 있다.

'그나저나 세상이 변해 버린 탓에 충격을 받은 것 같은데 어떻게 깨우지?'

통로를 연결하고 있는 마나 마스터를 상대하는 것은 나중에 일이었다. 지금으로서는 충격을 받아 잠들어 있는 이들을 깨우는 것이 우선이었다.

'인과율 시스템을 이용하자.'

육체를 완벽하게 적응시키기 위해서는 인과율 시스템을 이용하는 것보다 좋은 방법은 없다.

가이아가 있는 지구와는 달리 다른 세상의 인과율 시스템은 자신이 관리하는 세상의 생명체에게 절대적인 영향력을 행사하니까 말이다.

의지를 일으켜 인과율 시스템을 조작했다. 젠이 만든 세상에서 생명체이 탄생부터 인간으로 진화하기까지 지켜본 것이 있었기에 조작은 어렵지 않았다.

우우우웅!

조작이 끝나자 심장에서 진동이 인다. 양수로 변했다가 정수리를 통해 다시 심장으로 돌아온 에너지가 흘리는 진동이다.

심장의 진동은 내가 접속한 인과율 시스템과 완벽하게 공명하고 있었다.

고오오오오오오!

대기에 남아 있는 에너지들도 일정한 파장을 흘려내며 진동을 시작했다.

멀리 있는 하늘의 빛이 달라지고 있었다. 방벽 밖의 하늘은 뿌옇고 어두웠는데, 어느새 푸르러 지고 있었다.

'으으음.'

인과율 시스템이 전해오는 사념을 통해 생생하게 전달을 받았기에 모든 것을 알 수 있었다.

괴물들이 의지를 가지기 시작했고, 탈피를 하며 새로운 존재로 거듭나고 있었다.

필름을 빨리 돌리는 것처럼 빠르게 세상이 변화하고 있었다.

그동안 씨앗 상태로 있었는지 땅에서는 식물들의 싹을 틔웠고, 빠르게 자라났다. 성장 촉진제라도 맞았는지 한꺼번에 자라났다.

싹이 지면을 뚫고 나온 지 1분이 채 지나지 않아 커다란 나무로 생장하기도 하고, 어느새 열매를 맺고 자신의 유전자를 간직하고 있는 씨앗을 땅에 뿌리기도 했다.

본래부터 존재하던 생명체들과 마찬가지로 게이트를 넘어 이 세계로 온 사람들도 마찬가지였다.

우선 품고 있던 카오스가 변화를 일으켰다. 외부의 기운과 접촉해 자연스럽게 스스로가 변하더니 자연스럽게 움직이기 시작했다.

새롭게 변화된 에너지들은 자신을 담고 있었던 사람들을 유전자 레벨에서부터 변화시켰다.

'시간이 한참 걸릴 것 같으니 적응이 끝날 때까지 쉬면서 기다려야겠다.'

지금부터 이 세상에 존재하는 생명체들에게는 유전자 차원에서의 변형이 이루어질 것이다. 일종의 돌연변이가 되는 것이나 마찬가지다.

본래부터 이곳에 존재하고 있었다는 괴물들은 물론이고, 지구에서 넘어 온 사람들도 해당되는 일이다.

변화를 거쳐 이제 새롭게 만들어진 이 세계의 진정한 구성원이 되는 것이다.

그동안 앞으로 어떻게 해야 할지 생각을 해봐야겠다. 이미 연결이 끝나 버린 곳을 어떻게 처리할 것인지 말이다.

우르르르릉!

대기가 흔들리며 온 세상이 어둠에 휩싸였다. 태양은 보이지 않았고, 어스름한 어둠이 깔린 채 연신 울어 대는 하늘을 보며 지구에 존재하는 생명체들은 두려움에 떨었다.

갑작스러운 이상 상황은 각국의 정부들을 긴장에 빠트렸다. 일반 사람들과는 달리 고위 수뇌부들은 세상이 변하고 있음을 이미 알고 있었던 때문이었다.

전전긍긍하는 각국 정부에 이면 조직들로부터 통보가 날아들었다. 퉁구스 대폭발 이후 다른 세상으로 가는 게이트가 생기고 난 뒤 이런 사실을 감추기 위해 무던히도 애를 썼지만 감출 수가 없게 되었다는 통보였다.

변화된 세상에서 어떻게 살아남을지 그동안 대책을 수립해 왔지만 아직 먼 일이라 여겼던 각국 정부는 부산하게 움직이기 시작했다.

그동안 정립된 세계의 헤게모니가 변화할 것이라는 것을 누구보다 잘 알고 있었기 때문이다.

세상이 어스름한 어둠으로 둘러싸이고 다시 태양이 보이기 시작한 12일 동안 각국 정부는 그동안 준비해 온 안배를 일제히 가동했고, 다가오는 개혁을 맞이할 준비를 해 나갔다.

이런 현상은 지구에서만 일어난 것이 아니었다. 브리턴 또한 하늘이 온통 어둠으로 휩싸이는 현상이 일어났다.

제국의 황실은 물론이고, 각 왕국에는 새로운 세상이 열린다는 신탁이 내려졌고, 신탁에 따라 다가올 새 세상을 준비하기 시작했다.

그중 가장 분주한 곳은 브리턴 제국의 황실이었다.

다른 왕국과는 달리 이번 현상의 의미를 일찍부터 알고 있었던 탓에 남들보다 먼저 준비를 서두르고 있었다.

황실 마탑 주인 베토스 하이 브리턴은 이변이 시작되자마자 황제의 궁으로 향했다. 자신의 조카이자 브리턴 제국의 황제인 바라스를 만나기 위해서였다.

세상의 변할 징조를 보이자 오랜 시간 칩거를 했던 황제의 사념이 들려왔기 때문이었다.

"황제 폐하를 뵈옵니다."

침전으로 들어선 베토스는 거대한 창을 통해 하늘을 바라보고 있는 황제를 향해 오체투지하며 인사를 했다.

"어서 오세요, 숙부."

"기다리고 계셨던 것입니까?"

"이제 움직여야 할 때니까요."

"족쇄가 풀리기는 했지만 아직은 시간이 더 필요합니다, 폐하."

"프리온에 대해서라면 걱정하지 마세요. 센트 싸인의 초월자들이 이미 움직이기 시작했지만 그들을 막을 수 없을 테니 말이에요."

"알겠습니다. 폐하."

"프리온은 그렇게 접어두는 것으로 하고, 그 빌어먹을 놈들은 어떤가요?"

"족쇄가 풀린 탓에 연결이 모두 끊어졌습니다."

"확인을 했나요?"

"황제의 궁으로 오기 전에 확인을 했습니다."

"예상대로군요. 그럼 게이트만 확인하면 될 것 같은데, 하탄은 어떤가요?"

"아직 확실하지가 않습니다."

"게이트가 그쪽에 열리지 않은 건가요?"

"그렇지는 않을 겁니다. 신이란 존재들의 권능으로 가려져 있으니 분명 게이트가 존재할 겁니다. 다만 감지가 되지 않고 있어 직접 확인을 할 필요가 있습니다. 폐하."

"숙부께서도 알고 있다시피 프리온의 게이트를 이용할 수는 없을 거예요. 그자들이 허락을 하지 않을 테니까. 그러니 하탄의 게이트는 반드시 확보를 해야 해요. 아직 시간이 많으니 준비를 해 두세요."

"어디까지 준비를 하나이까?"

"이 세계의 떨거지가 남긴 것들이니 싹 쓸어버릴 수 있을 정도만큼의 전력만 꺼내요. 프리온에 있는 놈들이 알아차리면 곤란하니 말이죠."

"알겠습니다. 폐하."

"이제 얼마 남지 않았어요, 숙부. 그동안 숙부가 얼마나 많은 고생을 했는지 잘 알아요. 우리의 대업이 완성되는 그날! 숙부께서는 그 보답을 받을 거예요."

"영광이옵니다. 폐하."

황제의 말에 감격한 베토스는 머리를 바닥에 박으며 연신 머리를 조아렸다.

"이제 나가보세요. 그리고 나에 대해서는 장막을 치세요."

"알겠나이다, 페하."

황제의 축객령에 베토스는 조심스럽게 신형을 일으킨 후 뒷걸음질 치며 침전을 나섰다.

제9장

9

문이 닫히자 베토스가 왔음에도 고개조차 움직이지 않고 창
밖을 바라보던 바라스는 신형을 돌렸다.

이제 소년티를 벗고 청년의 모습을 보이기 시작한 바라스는
침전에 있는 거대한 거울로 다가갔다.

'이제 시작이군.'

금과 은으로 테두리를 두른 거대한 거울에 비친 자신의 모습
을 바라보던 바라스가 손을 뻗었다.

손이 맞닿은 거울 면이 마치 물처럼 출렁이며 황제를 끌어 들
였다. 공간 이동 마법이 발동한 것이다.

바라스가 사라지자 침전의 벽을 따라 푸른색의 빛줄기가 나

타났다. 황제라는 존재를 감추기 위해 만들어진 마법진이 가동
이 된 것이다.

신들의 의지로도 뚫을 수 없게 만들어진 마법진은 바라스가
사라진 것을 감추어 둘 터였다.

스르르르.

공간을 도약해 원하는 장소에 도착한 바라스는 자신의 등장
으로 인해 떠오르기 시작한 먼지를 보며 인상을 찌푸렸다.

'이 세계로 넘어와 제국을 건국한 후 내가 처음 이곳에 오는
것인가?'

오랫동안 드나드는 존재가 없어 먼지가 쌓였다는 것을 알고
있던 바라스는 손을 휘저었다.

그의 손길을 따라 공간에 가득한 먼지들이 한곳으로 모여들
었다. 그리고는 허공에 나타난 검은 홀로 빨려 들어갔다.

딱!

손짓 하나로 간단하게 공간 마법을 사용한 바라스는 손가락
을 튕겼다. 소리가 울려 퍼진 후 일제히 불이 켜지며 어둠이 물
러나기 시작했다. 불빛을 따라 모습을 드러낸 공간은 거대한 공
동이었다.

'변함이 없군.'

이곳은 브리턴 제국의 황제만이 알고 있는 장소였다. 황제에
서 황제로 그렇게 구두로 전해져 온 이곳은 브리턴가의 연원과
비밀이 담겨 있는 곳이기도 했다.

"세상이 변화함에 위대한 존재들을 뵙기 위해 바라스 하이 브리턴이 왔습니다."

바라스의 입에서 낭랑한 목소리가 흘러나왔다. 그의 목소리가 퍼져 공동의 벽면에 닿자 새로운 모습이 나타났다. 거대하기 그지없는 일곱 개의 마법진이 공동의 벽에 빛을 뿌리며 나타난 것이다.

'어떤 존재들인데 소멸할 리가 없지.'

바라스가 흥미로운 눈빛으로 마법진을 바라보았다.

'마나 마스터와 대칭을 이루는 절대의 존재들이 이제 곧 나타날 것이다.'

칠색의 빛을 마법진은 각각 다른 모습을 하고 있었다. 찬란하게 빛나는 것과는 달리 어딘지 모르게 음습한 기운을 흘리고 있는데, 그것을 바라보는 바라스의 미소 또한 꽤나 닮아 있었다. 아름다움 뒤에 숨어 있는 무엇인가가 치명적으로 보였다.

마법진들의 전면에 실루엣이 나타나기 시작했다.

마법진의 빛이 점점 옅어지면서 반투명하던 실루엣은 빠르게 실체를 갖추기 시작했다.

'후후후, 드디어 세상의 대적자들이 모두 현신했다.'

한눈에 담기에도 어려운 거대한 존재들의 모습을 보면서 바라스는 가문의 염원이 완성됐음을 느낄 수 있었다.

차원의 주인이자 모든 것을 창조한 존재가 외계 차원의 반발을 막기 위해 만든 세상의 반작용으로 태어난 존재들이 모두 자신의 손 안에 들어왔음을 말이다.

마법진을 통해 모습을 드러낸 아홉 존재는 모두 대적자들이다. 어둠이라 불리는 종족들의 수장들이자 파괴와 정복을 위해 태어난 존재들로 신과 대적하기 위해 스스로 태어난 존재들인 것이다.

자신들의 세상에서 마신이라고 불리기도하고, 악마의 군주라고도 불리는 존재들!

바로 그들이었다.

'가문이 족쇄에 묶이고 난 후 죽음으로서 족쇄를 끊으며 얻어낸 짧은 시간에 안배한 것 치고는 흡족한 결과다. 비록 그자들의 도움을 받기는 했지만 우리 가문이 불러낸 존재들이 저들이었음을 모를 것이다.'

저들은 혼돈에서 출발해 카오스를 얻었지만 이들은 다르다. 에테르를 품고 카오스를 얻어 대적자가 된 자들이다.

자신이 속한 차원과 외계에서 동시에 권능을 발휘할 수 있는 존재들이 가지는 이점은 말로 표현할 수 없을 만큼 많았기에 바라스는 기분이 좋았다.

'크크크, 기다려라. 이제 곧, 네놈들이 나에게 베푼 은혜를 아주 철저히 갚아 줄 테니……'

기나긴 세월 동안 이어져 온 자신의 한을 풀 수 있을 것이기 때문이다.

브리턴 가에서는 자신들이 음모에 빠져 철저하게 배신을 당했다는 것을 알고 가문의 주인이 가진 권능을 이용해 마지막 안배를 베풀었다.

죽음을 담보해 본성에 새겨진 족쇄를 끊은 후 대적자를 소환하는 의식을 진행하고, 자신의 의지와 힘을 후대에게 전하는 것이었다.

비록 외계의 존재들의 도움을 받기는 했지만 대적자의 소환이 이루어졌다. 지구의 존재들을 겁박할 훌륭한 도구가 만들어진 것이다.

다른 세계로 버려진 후 브리턴 가문은 대대로 승계의 의식을 이어 왔고, 얼마 전에 두 번째 승계 의식도 완성이 되었다. 의지와 힘을 전해 신성을 깨우는 작업이 오랜 세월 끝에 바라스의 대에서 완성된 것이다.

신성을 깨울 수 있는 자질을 가진 만이 의지와 힘을 물려받을 수 있었다. 인간의 관점에서 보면 뛰어나지는 않을지라도 가장 우선시 되는 조건이었다.

브리턴 가에서는 후계자가 될 수 있는 자들 중 가장 뛰어난 자는 마탑을 이어 받아 지구의 존재들이 부리는 종노릇을 하도록 하며 진짜 후계자를 감춰왔다. 지구의 존재들에게 들키는 것을 우려했기 때문이다.

신성의 씨앗을 가진 후계자들은 모두들 황제의 위에 올랐다. 전신을 마법으로 도배하고도 모자라 그가 사는 황제의 궁도 절대 마법이 설치되어 신성이 드러나는 것을 감췄다.

그리고 감춰진 비밀의 방에서 제국에서 수집하는 각종 이능을 수련하고, 적대자를 소환하기 위한 공간에 설치된 소환 마법진에서 흘러나오는 에너지를 자신의 것으로 만들었다.

무수한 시간이 흐르는 동안 신성을 깨운 후계자는 없었지만 그들은 자신이 얻게 된 힘을 가문의 권능을 이용해 후대에게 전했다.

그렇게 쌓이고 쌓인 것이 마침내 바라스의 대에서 신성이 깨어나 안배가 완성이 된 것이다.

바라스에게서 드러난 신성은 가공할 만한 것이었다. 가문의 근간인 승계의 권능이 진화하여 신격을 지닌 존재라 할지라도 강제로 권능을 승계받을 수 있게 된 것이다.

바라스가 신성을 깨웠다는 사실은 숙부인 베토스는 물론이고, 브리턴에 있는 그 어떤 존재도 알지 못하고 있었다. 그만큼 브리턴가가 베푼 안배는 은밀하면서도 비밀스러운 것이었다.

'이제 시작하면 되겠군.'

소환된 대적자들이 실체를 완전한 향상을 갖추자 바라스는 오늘 마지막 의식을 진행하기로 했다. 승계를 위한 두 가지 의식이 완성된 이상 결과물을 얻어야 할 때였다.

바라스는 자신이 얻게 된 권능을 발휘했다.

승계를 넘어 강탈로 이어지는 가공할 권능이 공동 안에 나타난 대적자들을 향했다.

그의 두 눈에서 황금빛 광망이 퍼져 나오더니 소환된 대적자들을 뒤덮었다.

크아아악!

아아아아아악!!

고통스러운 신음이 공동 안을 뒤흔들었다.

비명이 점점 더해갈수록 그 옛날 존재했다는 드래곤을 능가하는 몸집을 지녔던 대적자들이 점점 쪼그라들고 있었다.

바라스가 가진 강탈의 권능에 의해 지니고 있는 힘을 빼앗기고 있었기 때문이다.

대적자들이 가진 권능과 신성, 그리고 거대한 에너지가 브리턴 제국의 황제인 바라스의 전신으로 빨려들고 있었다.

몇 시간이 지나지 않았지만 억겁에 가까운 흐름이 생명체들 사이에서 일어났다. 시간을 뛰어넘어 격해 유전의 변이가 이루어졌다.

모든 것이 끝나자 쓰러져 있던 생명체들이 몸을 일으켰다. 자신들의 몸에 어떤 변화가 일어났는지 의식하지 못하는 듯 생명체들은 주변을 돌아보기 바빴다.

생명체들 중에 가장 먼저 정신을 차린 것은 도시 안에 있는 인간들이었다.

백성준 장군을 따르는 이들은 물론, 괴수의 난동에서 살아남은 정부 측의 군인들과 민간인들은 자신들이 변했음을 인지할 수 있었다. 모두가 능력자들이었기에 가능한 일이었다.

변화를 끝내고 정신을 차린 것 같기에 감각을 확장시켜 살펴봤다.

이 세계에 존재하는 생명체들은 이제부터 직접적으로 인과율에 영향을 받기에 의식까지 살펴 볼 수 있었다.

'오류가 일어나지는 않은 것 같군.'

오류가 일어나 인간이 아닌 존재가 될 수도 있었는데 다행스럽게도 별다른 탈 없이 변화가 끝났다.

'식구들은 어떻게 되었는지 가봐야겠군.'

부모님도 그렇지만 차원의 창조주나 다름없다가 모든 것을 포기한 후 이제는 인간이나 다름없는 존재가 된 할아버지의 상태가 궁금했다.

할아버지는 존재의 의미가 완전히 다르기에 변화를 예측할 수 없었다.

공간 이동으로 식구들이 있는 곳으로 갔다.

백성준 장군은 물론이고, 그의 휘하들은 무척이나 바빴다. 기본 바탕이 능력자들이어서 그런지 어떤 식으로 경계를 단단히 하고는 어떻게 변했는지 살피는데 여념이 없었다.

"어떻게 된 일인가?"

"정부 쪽은 처리를 한 것 같습니다."

"처리를 하다니 무슨 말인가."

"그건 식구들이 모두 모였을 때 말씀을 드리겠습니다. 할아버지도 반드시 아셔야 하는 일이니 말입니다. 그런데 다들 어디 가신 겁니까?"

"깨어나자마자 다들 어르신을 따라 수련실로 갔네."

"그럼, 그리로 가시죠."

"알았네."

백성준 장군을 따라 수련실이라는 곳으로 갔다. 수련실은 본부가 있는 건물 지하에 마련되어 있었다.

수련실로 들어서자 할아버지를 중심으로 어머니와 아버지가 양옆에 앉아 있었다.

할아버지는 두 분의 등에 손을 대고 있는데, 새롭게 세상에 가득 찬 새로운 에너지를 주입하고 있었다.

'처음 느끼는 것이셨을 텐데 잘 다루시는구나. 하긴, 차원력과 창조의 권능을 잃어버리셨다고는 하지만 이곳이 속한 세상을 만드신 분이셨으니 아무것도 아니시겠지.'

변화한 아버지와 어머니를 도우시고 계신 것이 분명하기에 가만히 서서 지켜보았다.

백성준 장군 또한 혹시나 위험에 빠트릴까 두려운지 내 뒤에서 가만히 있었다.

시간이 조금 지나자 두 분의 몸에 내재된 에너지를 조율하는 것이 끝났는지 할아버지가 손을 떼셨다.

"으음, 고생했다."

눈을 뜨고 나를 보신 할아버지는 회한이 가득한 눈빛으로 처연하게 말씀하셨다.

"아닙니다, 할아버지."

"잘 보내준 것이냐?"

"스스로 소멸의 길을 택하더군요."

"그랬을 것이다. 이곳에 통로를 만든 것도 자신의 뜻이 아니었으니 말이다."

"그런 것 같더군요."

"그나저나 세상이 변한 것은 너 때문인 것이냐?"

"예, 할아버지."

"모든 것이 안정을 되찾은 것을 보면 천율도 제자리를 잡은 것 같은데, 내 생각이 맞는 것이냐?"

"앞으로 이 세상을 조율하게 될 겁니다."

"이제 겨우 하나의 세계가 안정이 되었구나. 정말로 고맙다, 차훈아."

"그런 말씀하지 않으셔도 되요, 할아버지."

"아니다. 네가 아니었으면 난 존재의 의미를 잃었을지도 모른다. 아무리 내 손자라고 해도 고마운 것은 고마운 것이다. 앞으로도 잘 부탁하마."

"염려하지 마세요. 앞으로도 잘 될 거예요, 할아버지."

"오냐."

"그런데 두 분은 어떻게 된 거예요."

"아범과 어멈은 다른 이들보다 변화의 충격을 많이 받은 상태다."

"여기에 오시기 전부터 카오스를 지니고 있었기 때문이군요."

"그렇지. 다른 이들과는 달리 에테르를 흡수한 카오스를 가지고 있기도 했고, 그 양도 많아 충격을 받을 수밖에 없었다. 다른 이들과 달리 균형이 맞지 않았으니 말이다. 하루 정도 내 도움을 받아 조율을 하면 괜찮아질 테니 너무 걱정하지 마라."

"잘 부탁드립니다."

내가 해도 되기는 하지만 할아버지가 하시고 싶어 하는 것 같아 나서지 않았다. 내가 하려는 방법은 너무 간단해서 한 시간 정도면 충분하지만 할아버지의 마음을 꺾고 싶지 않았다.

"이제는 그만 나가 봐라. 백장군이 궁금해하는 것 같으니 말이다."

"예, 할아버지. 가시죠, 장군님."

할아버지와 나눈 대화가 무엇을 뜻하는지 몰라 안절부절 하던 백성준 장군은 황급히 나를 따라 수련실을 나섰다.

밖으로 나온 후에 곧바로 문을 비롯해 수련실 전체를 싸고도는 결계를 쳤다. 할아버지가 부모님을 안정시키는 일이 방해 받지 않도록 하기 위해서였다.

"도대체 무슨 일인가?"

결계를 치기 무섭게 백성준 장군이 물었다.

"정부의 배후에 있던 존재가 사라졌습니다."

"저, 정말인가?"

"그렇습니다. 그러니까……."

백성준 장군의 진영을 떠난 후에 벌어졌던 일들을 설명해 주었다.

깊이 있는 것은 자세히 말할 수 없었지만 정부의 배후에 있던 존재들이 사라지고, 이 세계의 근간을 이루는 에너지 형태가 변했다는 것을 알려 주었다.

그리고 그것으로 인해 사람들이 가진 에너지도 변했다는 것을 말해 주었다.

"으음, 어쩐지 내가 가진 권능을 쓰기 어렵다고 생각했는데 그런 일이 있었군."

상황을 이해하는 것 같았지만 표정이 좋지 못했다. 자신이 가진 권능을 잃어버린 것으로 생각하는 것 같았다.

"장군님이 가지고 계신 권능은 사라지지 않았습니다. 사람들이 가지고 있는 능력들도 마찬가지고 말입니다."

"사실인가?"

"그렇습니다. 곧 되찾을 수 있으니 걱정하지 마십시오."

"어떻게 되찾아야 하는 건가?"

"조금 있으면 장군님은 인과율 시스템에 접속을 하실 수 있을 겁니다. 그렇게 되면 지금 이 세상에 흐르고 있는 에너지를 이해하실 수 있을 것이고, 자연스럽게 자지고 계신 권능을 쓰실 수 있을 겁니다."

"다행이로군. 그럼 다른 사람들도 나와 같은 건가?"

"아닙니다. 격이 맞지 않아 인과율 시스템에 직접적인 접속은 무리입니다. 자칫 과부하가 걸리면 본성을 잃어버릴지도 모르는 말입니다. 접속이 끝난 후 장군님께서 권능으로 이 세상에 흐르는 에너지에 대해 이해를 시키시기만 하면 다들 능력을 되찾을 겁니다."

"으음, 그러면 저쪽 사람들은 어떻게 되는 건가?"

"그 사람들도 장군님께서 알려 주시면 될 겁니다."

권능을 뛰어 넘는 일이라 자신이 알려줘야 한다는 내 말이 이상한지 궁금한 표정이다.

"내가 말인가? 하지만 내가 가진 권능은 동의하지 않는 이들의 의식에는 간섭할 수가 없네."

"후후후, 권능을 되찾으신 후 한 번 쓰시게 되면 가능하다는 것을 아실 수 있을 겁니다."

"으음, 알았네. 자네가 그렇다면 그렇겠지."

인과율 시스템에 접속을 하게 되면 백성준 장군의 권능이 신장될 것이다.

지금까지 상대방의 동의에 의해 발휘되었던 그의 권능이 원한다면 상대를 강제하여 의식을 장악할 수 있도록 말이다.

"제약이 딸려 있어 이번 밖에는 쓰지 못하니 능력을 각성시킨 후에는 최대한 상대의 동의를 받으십시오."

상대를 강제로 제어하는 것은 이번뿐이다. 이후에는 불가능한 일이다. 이전과 같이 상대의 동의를 얻어야 하는 것이다.

하지만 백성준 장군에게도 이익이 될 것이다. 동의를 한 이들은 물론이고, 연결된 존재들이 가진 능력의 경험을 모두 얻을 수 있을 테니 말이다.

이런 혜택을 베푸는 것은 이유가 있다. 나는 백성준 장군을 이 세계의 마나 마스터로 만들려고 한다.

인과율 시스템이 굴러가는 것과 비슷한 방식의 권능을 가진 백성준 장군이라면 이 세상을 잘 조율해 줄 것이라고 믿기 때문이다.

"이제 조금 있으면 시작하겠군요."

"무슨 말인……."

백성준 장군은 말을 다 끝내지 못하고 멈췄다. 아니, 나를 제외한 다른 모든 것들도 멈춰 있었다. 인과율이 작동하기 시작한 탓에 오류를 발생시키지 않으면서 백성준 장군을 각성시키기 위해서다.

이 상태로 상당히 오랫동안 지켜봐야겠지만 이 세계의 현실은 찰나의 시간도 흐르지 않을 것이다.

"…가? 어어!!"

접속이 끝나고 각성이 이루어지자 백성준 장군의 말이 이어졌다. 말을 하다 권능을 쓰게 됐다는 것을 느낀 것인지 백성준 장군은 놀란 눈빛으로 나를 바라보았다.

"다른 분들도 깨워 주시면 됩니다."

"아, 알았네."

"저는 잠시 방벽 밖을 둘러보고 오겠습니다."

"방벽 밖을 말인가?"

"변한 것은 사람들뿐만이 아니니 밖으로 나가 확인을 해야 할 것 같습니다."

"방벽 밖에서 우리가 탐색할 수 있는 범위가 100킬로미터 정도가 한계였네. 그 뒤로는 아무것도 없고 짙은 어둠만이 흐르고 있어 아무도 들어갈 생각을 못했었지. 자네가 나가겠다고 하는 것을 보면 그곳에도 변화가 있었던 모양이군."

"그런 것 같습니다."

인과율 시스템에 접속해 세상이 어떻게 변했는지 살필 수도 있지만 눈으로 직접 보려는 것은 이유가 있어서다.

앞으로 지구는 위험해 질지도 모르는 상황이다. 얼마나 될지는 모르겠지만 당분간 머물러야 할 것 같기에 직접 살펴보고 싶었던 것이다.

"알았네. 그런데 시간이 상당히 걸릴 텐데 언제 돌아올 수 있겠나?"

백성준 장군은 급격한 변화에 불안한 것 같다.

"후후후, 금방 돌아올 겁니다. 그리고 권능을 사용하시게 되면 주변 상황을 다 파악하실 수 있을 겁니다. 제 기운을 감지하지 못하신다고 하더라도 염려하실 필요는 없을 겁니다."

"으음, 알았네."

"그럼."

팟!

곧바로 공간 이동을 통해 밖으로 나섰다.

'마치 밀림 같군.'

밖으로 나와 내가 도착한 곳은 방벽의 끝단이었다.

방벽을 기점으로 대략 500여 미터는 계속 채벌을 한 탓인지 텅 비어 있었고, 그 뒤로는 시야가 미치는 범위까지 끝없는 수해가 펼쳐져 있었다.

큰 것은 높이가 50여 미터에 달하는 거대한 밀림으로부터 뿜어지는 기운이 상당했다.

'전에 느꼈던 것보다 선명하고 진해졌다. 새로운 에너지를 기반으로 이곳에 맞는 자연지기를 뿜어내는 건가?'

지구에 존재하는 일반적인 밀림과는 조금 다르게 심신을 상쾌하게 하는 기운이 뿜어져 나온다. 세상이 변한 탓에 나무들도 적응하기 위한 행동을 하는 것이다.

'모든 생명들이 일단 저렇게 자신의 기운을 세상에 뿌린다면 조만간 완벽해질 것이다. 일단 가로질러 가며 확인을 해보자.'

세상을 새로운 에너지를 기반으로 다양한 기운을 만들어 풍요롭게 만들려는 나무들의 의지를 느낄 수 있었기에 다른 생명들도 확인해 보기로 했다.

슈―우우!

지상 100미터 상공에서 직선으로 가로지르며 밀림을 살폈다. 뜻밖에도 괴물들이라 불리는 몬스터들이 느껴지지 않았다. 몬스터들을 사냥해 나온 마정석으로 도시를 유지했는데 곤란할 것 같았다.

한참을 날아 방벽에서 10킬로미터 지점을 벗어나자 나무나 식물들 외에 다른 생명들이 느껴졌다.

'동물들이군.'

날아가는 것을 멈추고 동물들을 살폈다. 지구의 동물들과 닮았으면서도 묘하게 다른 동물들이 밀림 안 곳곳에서 움직이고 있었다.

'동물들도 자신들만의 기운을 내뿜고 있구나.'

나무들과 마찬가지로 동물들도 상당한 기운을 뿜어내고 있었다. 흘러나온 기운은 바다라고 할 수 있는 새로운 에너지와 합쳐졌다가 다시 순환해 동물들에게 돌아갔다.

그럴수록 주변의 에너지가 더욱 진해지고 인과율 시스템과도 견고하게 연결이 되는 것이 느껴졌다.

'도시를 유지할 마정석은 아직 걱정할 필요가 없겠군.'

동물들 중 큰 개체들은 기운을 뿜어내는 것과 동시에 흡수하며 내단처럼 마정석을 만들고 있었다. 작은 개체들 중에도 일부 있었지만 마정석의 크기가 그리 크지 않았다.

'더 가보자.'

도시 근처만 그럴 수 있기에 더 가보기로 했다. 이곳으로 건너온 이들이 한 번도 들어가 보지 못한 지역을 확인해야 하니 말이다.

경계를 이루는 어둠이 흐르던 100킬로미터 근방에 도착하자 새로운 모습을 볼 수 있었다. 푸른 물결이 넘실거리는 커다란 강이었다.

'어마어마하게 크군. 거기다 강 너머에는 들판과 커다란 산맥까지 있군. 아무래도 높이 올라가 전체적으로 살펴볼 필요가 있겠다.'

도시는 밀림 안에 존재하는 것 같았다. 훨씬 높은 곳으로 올라가 전체를 조망해 보는 것이 나을 것 같았다.

생각이 일자 빠르게 신형이 떠올랐다. 구름이 거의 없기에 최대한 높이 올라갔다.

'으음. 생각대로 밀림 한가운데 도시가 있구나.'

서울을 꼭 닮은 도시를 중심으로 100킬로미터에 달하는 밀림이 펼쳐져 있었고, 너비가 대략 10킬로미터 정도 되는 거대한 강이 밀림 외곽을 따라 흐르고 있었다.

산맥에서 시작되어 들판을 가로지른 거대한 강은 몇 개의 지류를 형성했는데 그중 3개가 밀림을 관통하며 흘러들다가 도시의 외곽으로 빠져나가고 있었다.

'지류도 너비가 최소 킬로미터는 넘는 것 같으니 운하로 이

용하면 이동이 편해질 수 있겠군.'

밀림을 100킬로미터나 가로질러 다른 지역으로 가는 것은 상당히 어려운 일이다. 몬스터가 사라졌다고는 하지만 온순한 동물만 있는 것이 아니니 말이다.

도시를 조금 벗어난 곳에 제법 큰 지류가 있으니 배를 이용한다면 지금 보고 있는 들판이나 산맥 쪽으로 가는 것은 문제가 없을 것 같았다.

'다른 쪽을 한 번 볼까?'

팟!

또다시 공간 이동을 해 목적지로 향했다. 도시를 가로질러 반대편에 위치한 곳이었다.

'여기는 바다로군.'

산맥이 위치한 곳과 거의 비슷한 거리의 밀림을 벗어난 곳이었는데, 앞쪽에 푸른 물결이 넘실거리는 바다가 보였다.

군데군데 제법 커다란 섬들도 있었는데 나무들이 무성하게 자라고 있었다.

'내려가 보자.'

천천히 지상으로 내려갔다.

철썩이는 파도에 부서지는 모래사장에 발을 디딘 후 바닷물에 손을 담갔다.

기감이 퍼져 나가며 바다 속을 탐색했다.

'여기도 마찬가지군. 수기를 뿜어내며 성장하고 있구나. 큰

개체들은 마정석을 형성하는 것도 마찬가지고…….'

밀림에서 벌어졌던 일들이 지금 바다 깊은 곳에도 벌어지고 있었다.

'으음, 대단하군.'

밀림에서 벌어지고 있는 현상은 비할 바가 아니었다.

세상을 풍요롭게 만들기 위해 생명들이 기운을 뿜어내고 있는 중이었다. 모든 생명의 근원이 바다에 있다고는 하지만 너무도 거대한 기운이 흘러나와 세상을 적시고 있었다.

'더 높은 곳까지 올라가 보자.'

근방은 모두 확인을 했기에 이 세계 전체를 보고 싶었다. 곧장 솟아올라 대기가 없는 곳까지 올라갔다.

중력의 영향을 받지 않도록 공간을 비틀고 천천히 자전을 하고 있는 모습을 관찰했다.

'지구와 비슷하면서 다르군.'

대륙이나 바다의 모습이 지구와 많이 닮아 있었지만 다른 곳도 많았다. 제일 다른 것은 지구의 태평양으로 보이는 바다 한가운데 타원형의 대륙이 존재하고 있다는 점이었다.

다른 대륙들도 마찬가지였다. 윤곽은 비슷하지만 대부분 뭉툭해 보였다.

재미있는 것은 대륙들이 대부분 육지로 연결이 되어 있다는 것이었다.

호주와 비슷한 곳으로 보이는 곳도 길게 이어진 산맥을 따라

동남아시아로 보이는 곳과 연결이 되어 있었고, 거의 일자형으로 생긴 북아메리카 대륙도 북반구 쪽으로 연결이 되어 있었다.

남아메리카는 북쪽과 바다로 인해 따로 뚝 떨어져 있었는데 남극 대륙과는 연결이 되어 있기도 했다.

'인간이라고는 서울처럼 보이는 도시밖에는 없군. 몬스터들도 하나도 보이지 않고, 모두 동물형뿐이고.'

영장류로 보이는 동물들은 있어도 인류로 보이는 이들은 도시 안에 존재하는 이들밖에는 느껴지지 않았다.

처음 이곳에 와서 느꼈던 몬스터들은 하나도 없었다. 세상이 변하면서 불완전한 부분이 치유되면서 동물로 진화한 것이 분명했다.

'으음, 이정도면 이곳에서 정착해 살아도 문제가 없겠다. 식물들 중에서 식량으로 쓸 만한 것들도 많으니.'

맹수에 속하는 동물들도 많았지만 인간이 거주하기에 최적의 환경을 가지고 있는 곳이었다.

1,000만 명 정도밖에는 되지 않는 인간이 살기에는 너무도 큰 곳이기도 했다.

'당분간 이곳에 머무르든 정착을 하든 의논을 해야 하니 일단 돌아가도록 하자.'

도시로 돌아가기로 했다. 공간 이동을 해서 가는 것이니 백성준 장군이 걱정을 덜 수 있을 것 같다. 권능을 써본 후라 지금

한참 걱정이 태산일 테니 말이다.

사람들이 바쁘게 움직이고 있었다.

죽은 사람들의 장례를 치르고 부상자를 구호하는 작업이 끝난 다음 도시를 복구하기 시작했다.

괴수의 출현에 이어 마나 마스터와 차훈과의 대결로 인해 수많은 건물들이 부서지고 무너졌지만 복구 작업이 빠르게 진행되고 있었다.

중장비나 기계들이 동원된 것은 아니었지만 참여한 인원들이 전부 능력자였기에 복구 작업이 속도를 내고 있었다.

백성준의 휘하 세력은 물론이고, 차훈에 의해 세뇌가 풀리고 본성을 찾은 이들이 같이 움직이고 있었지만 분란은 없었다.

기계적이라고 할 만큼 모두가 일사분란하게 움직였다.

자동차 크기만 한 콘크리트를 한 손으로 번쩍 들고, 부서져 내린 건물의 단면에서 삐져나온 두꺼운 H빔들이 손질 한 번에 잘리고 있었다.

백성준은 차훈이 떠난 후 도시를 복구하기 위해서 자신이 가진 권능을 발휘했다. 생각이 일자마자 반대편 진영에 있던 사람들의 의식을 통제할 수 있었다.

상황을 파악하는 것과 동시에 의식으로 연결된 사람들에게 무엇을 해야 할지 지시를 내렸고, 그 결과 지금 보는 것처럼 복구는 순조롭게 이루어지고 있었다.

'처음에는 너무 놀랐지. 결코 가능하다고 생각했던 일이 아니었으니까 말이야. 하지만 정말 경악할 만한 권능이다.'

능력자들이 어느 하나 삐걱대지 않고 연계해서 움직이고 있는 모습을 바라보고 있는 백성준은 고민에 빠져 있었다.

자신이 가지게 된 가공할 권능에 대해 무서운 생각이 들었던 것이다.

급격하게 상황이 변해 당장 급한 것들부터 처리해야 했기에 생각을 뒤로 미루어 두었었지만 이제는 그럴 수가 없었다.

마음속에서 슬금슬금 피어오르는 욕망이 그를 두렵게 하고 있었던 탓이었다.

'으음, 너무 위험해서 한정적으로만 썼는데 지금은 더하다.'

맹목적인 충성은 언제나 큰 위험을 동반해 온 것이 역사가 알려주는 교훈이었다.

이전에도 권능을 사용할 때는 무척이나 주의를 기울였다. 무려 정신에 간섭하는 권능이었기 때문이었다.

자신과 연결된 이들이 스스로 동의를 하기는 했지만 의식에 직접적으로 명령을 내리기에 자칫 자아를 훼손할 수 있어서 함부로 써서는 안 되는 능력이었다.

그런데 지금은 더 하다. 움직이는 사람들이 하는 행동 하나하나를 온전히 느끼고 있었다. 모든 것이 자신의 의지대로 이루어지고 있었다. 실시간으로 이루어지는 제어로 인해 사람들은 자신의 통제를 벗어날 수도 없다.

'이건 신만이 가질 수 있는 권능이다. 나와 연결된 사람들에게는 내가 신이나 다름없는 존재일 테니까. 계속 사용하다 보면 내 본성조차 바뀌 버릴지도 모른다. 마음을 바꾼다면 저 사람들을 나를 신으로 여기는 광신도로 만들 수 있을 테니까.'

연결된 이들의 자아를 상실시켜 자신을 맹목적으로 추종하게 만들 수 있었다.

'절대 있어서는 안 될 일이다.'

자신을 비롯해 모두를 나락으로 떨어질 수 있었기에 몸서리가 쳐졌다. 그것은 결코 자신이 바라는 것이 아니었다.

그것이 불러올 결과를 너무도 잘 알고 있기 때문이었다.

'어르신도 그렇고, 차훈이라는 청년도 어떻게 나에게 이런 권능을 부여할 수가 있었던 것인지 모르겠구나.'

자신이 가진 권능의 위험성을 너무도 잘 알기에 상훈과 차훈의 정체가 궁금하지 않을 수 없었다.

평생 간직한 군인으로 살아왔던 자신이었다. 그런 자신이 능력을 각성하도록 도와준 이가 박상훈이었다.

'이곳으로 온 후 갑자기 나를 찾아 오셨지. 그리고 사람들을 이끌어 달라고 하셨고. 내가 어렵다고 말하자 능력을 각성시켜 주셨지.'

선친과의 인연으로 한반도를 지켜왔던 고대 무문의 사람이라고 알고 있었지만 지금 생각해보면 능력을 각성시켜준 것 자체가 이상했다.

그 또한 특별한 힘을 가져야만 하는 일이었으니 말이다.

각성한 덕분에 세력을 형성해 사람들을 구할 수는 있었지만 이해가 가지 않는 것은 어쩔 수 없어 몇 번 질문을 했지만, 상훈으로부터 대답을 듣지는 못했다.

'누군가 올 것이며, 그로 인해 이곳이 변할 것이라는 말씀만 해주셨지. 손자일 것이라고는 예상은 못했지만, 그가 온 후에 세상이 변하며 나에게 이런 능력을 준 것을 보면 어르신 못지않게 특별한 존재임은 틀림없다. 혹시……'

혹시 신적인 존재가 아닐까 하는 생각이 들었다. 가능성이 높은 이야기였다. 자신에게 주어진 권능은 신이라는 존재만이 부여해 줄 수 있는 것이었으니.

'그럴 가능성이 높다. 어르신이 부여해 준 능력은 그렇다고 쳐도, 업그레이드된 이것은 권능이니까 말이야. 그리고 이 세계로 건너온 것도 그렇고, 세상이 변한 것을 보면 뭔가 거대한 일들이 일어나고 있는 것은 분명하다. 내가 가진 권능을 사용해도 원인을 찾을 수가 없다. 그렇다는 것은 내 인지의 범위를 벗어난 일이라는 뜻이다.'

지금까지 일어난 모든 일들이 평범함을 벗어난 것들이었다. 개벽이나 다름없는 변화에는 분명히 원인이 있을 것이다.

권능을 사용하면서 이 세상을 관조할 수 있게 되었지만 자신을 불안하게 하는 원인은 찾을 수가 없었다.

느껴지는 것은 그저 세상의 흐름과 그것으로 인해 일어나는 일들일 뿐이었다.

'나와 연결된 사람들이 위험할 수도 있으니 반드시 알아야 한다. 내가 막을 수 없는 일이 벌어지고 있을지도 모르지만 뭔가 해야 하니까.'

권능에 의해 연결된 사람들에 대한 책임감이 생겼다. 전에는 전투나 전술적인 움직임에 주력하면서 수하라는 개념이 강했지만 지금은 아니었다.

군에 들어오고 일에 매진하고, 다른 세상으로 넘어오면서 결혼을 하지는 못했지만 마치 부모가 자식을 생각하는 그런 책임감이다.

자신으로서는 상상할 수 없는 거대한 움직임이 있다는 것을 느끼고 있기에 알아야 했다. 자신이 보호해야 할 사람들을 위해서라도 말이다.

'돌아오면 확실히 물어봐야겠군.'

차훈이 돌아오면 진짜 벌어지고 있는 일이 무엇인지 물어보기로 마음을 굳혔다.

생각을 정리한 백성준은 발걸음을 돌려 정부가 애지중지 보호하던 곳으로 갔다.

거대한 뭔가가 뚫고 나온 흔적이 선명한 곳에 다가간 백성준은 천천히 신형을 움직여 지하로 뻗어 있는 수직 공동으로 발걸음을 떼었다.

중력에 영향을 받지 않는 듯 백성준의 신형이 천천히 지하로 내려갔다.

한참을 내려간 백성준은 인위적인 흔적이 선명한 거대한 공동에 도착할 수 있었다. 근거지를 떠나 이곳에 왔을 때 처음 확인한 모습에서 변함이 없었다.

'처음에도 확인을 했었지만 저것은 분명히 게이트다.'

공동에 새겨진 무수한 문양들은 이곳에 오기 전에 브리핑을 받았던 자료와 비슷한 모습이었다.

스팟에 진입하기 전에 육본 회의에서 보았던 게이트와 관련한 정보 자료에 기재된 것과 관련이 있다면 보고 있는 문양들은 게이트용 마법진이 분명했다.

'저것을 통해서 다시 지구로 돌아갈 수 있을지도 모른다. 그렇지만……'

게이트가 활성화된다면 다시 지구로 귀환이 가능할지도 모르지만 함부로 만질 수는 없었다.

권능을 사용해 살펴보려고 해도 다른 것과는 달리 정보를 전혀 파악할 수 없는 상황이었기 때문이다.

권능을 통해 조사를 해봤지만 마법진에 대해 알고 있는 이가 없었다. 가능성이 있다면 오직 차훈뿐이었다.

'물어볼 것이 또 하나 생겼군. 지구로의 귀환은 모두의 염원이니 말이다.'

긴 시간이 지나는 동안 포기한 이들도 많지만 대부분 지구로 돌아가고 싶어 안달이 난 상태다.

염원을 이루기 위해서는 활성화되지 않고 있는 마법진을 작동시킬 수 있는 사람이 필요했다.

〈『그린 하트』 제9권에서 계속〉

GREEN HEART

1판 1쇄 찍음 2017년 3월 21일
1판 1쇄 펴냄 2017년 3월 28일

지은이 | 미르영
펴낸이 | 정 필
펴낸곳 | 도서출판 **뿔미디어**

편집장 | 문정흠
기획 · 편집 | 한관희

출판등록 | 2002년 9월 11일 (제081-1-132호)
주소 | 경기도 부천시 원미구 소향로 17번길(두성프라자) 303호 (우) 14544
전화 | 032)651-6513 / 팩스 032)651-6094
E-mail | bbulmedia@hanmail.net
비북스 | http://b-books.co.kr

값 8,000원

ISBN 979-11-315-7840-7 04810
ISBN 979-11-315-7392-1 04810 (세트)